요로원야화기
要路院夜話記

박두세 저 | 한석수 역주

박문사

요로원야화기
要路院夜話記

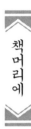

책머리에

이 책은 동암 박두세의 「요로원야화기」를 역주한
것이다. 이 「요로원야화기」는 일찍부터 국문학계
에 알려져 학자들의 주목을 받아왔다. 원작은 한문본이었으나
뒤에 국문본도 나왔고 한문본과 국문본을 합하여 여러 이본으
로 유통되어 왔다. 이러한 사실은 이 작품이 작가의 손을 떠난
뒤에도 상당한 독자를 확보한 문제작이었다는 것을 방증한다.

그러나 이 작품은 진작에 여러 선학들에게 주목받은 작품
이면서도 아직까지 제대로 된 번역이 이루어지지 못했다. 그 까
닭은 여러 가지가 있겠으나 우선 작품의 분량이 단행본으로 출
간하기에 애매하고, 다음으로 난삽한 내용의 한시가 많이 삽입
된 것 때문이 아닌가 한다.

이 작품의 작자인 박두세(1650-1733)는 그 아버지와 그의

형제가 문과에 합격한 울산박씨의 후예이며 운학(韻學)에 조예가 깊어 관련된 저서도 남겼다. 그러나 그는 당색이 남인으로 벼슬은 크게 현달하지 못했고 당대의 현실에 대해서 상당히 비판적 시각을 가진 것이 이 작품을 통하여 드러나 있다. 특히 과거제도의 부패상이나 당색에 대하여 매우 구체적으로 비판하고 있다.

이 작품에 삽입된 여러 편의 시는 매우 골계적이다. 특히 우리말의 음과 운을 이용한 언어유희(pun)를 보면 당대 우리말의 모습을 일부 유추할 수도 있어 중세어 연구에도 소중한 자료가 될 수 있을 것이다.

작품 속의 요로원은 지금에 와서 흔적이 불분명하고 지명도 '요란'으로 변음이 되어 전한다. 당시에는 서울에서 천안을 거쳐 예산을 가려면 반드시 요로원을 거쳐야 했다. 현재 아산군 음봉면 신정리 요로원의 원 터 앞으로는 큰 도로가 남북으로 뚫려 있어 이곳이 예로부터 교통의 요지였음을 알 수 있게 한다.

이 책은 필자와 필자의 제자들이 함께 읽은 것을 가다듬은 것이다. 그리고 번역상 난해한 부분은 석촌(石村) 이두희(李斗熙) 선생의 도움을 받았다. 이 자리를 빌어 제자들의 노고와 이두희 선생님의 도움에 깊은 감사를 드린다. 그러나 필자의 노력

에도 불구하고 번역상 부족한 부분이 많을 것이다. 이는 모두 필자의 천학(淺學) 때문이니 기탄없는 질정(叱正)을 주시기 바란다.

끝으로 출판사의 어려운 사정에도 불구하고 영리에 별로 도움이 되지 못할 이런 책을 기꺼이 만들어 준 박문사의 사장님과 박문사 편집부 직원들의 노고에 깊은 감사의 말씀을 드린다.

2010년 늦은 4월
不慍堂 書室에서

韓 碩 洙 頓首

차
례

《 「요로원야화기」와 박두세 》

박두세(朴斗世) 1650(효종 1)~1733(영조 9)[1]. 조선 후기의
문신. 본관은 울산. 자는 사앙(士昻)・호는 동암(東巖).

율(繘)[2]의 아들이며 충청도 대흥(현 충남 예산군 大興면)
사람이다. 1677(숙종 3, 丁巳)년 사마시에 중형 태세(泰世), 삼
형 규세(奎世)[3]와 함께 동방급제(同榜及第)하였고 1682(숙종 8)
년에 삼형 규세와 함께 증광문과에 급제하였다. 문장에 능했고
운학(韻學)에도 밝았다. 홍문관직을 제수받았으나 1686년 의금
부도사(義禁府都事)일 때 권대운(權大運)의 압송사건에 편의를

....

1) 울산박씨 대동보에는 '子 斗世 崇禎 庚寅 八月 二日 生 英祖 癸丑
   五月 一日 卒 享年 八十四'로 기재 되어 있으므로 박두세의 생몰연대
   는 1650(효종 1)~1733(영조 9)이다.
2) 박율: 문과 급제자로 殷山縣監을 지냈으며 天文數學에 재능이 있었
   다고 한다.
3) 울산박씨 대동보에는 박두세의 형이 셋이 있었으나 伯兄인 鼎世가
   19세에 요절하였다. 따라서 태세는 중형이 된다.

제공했다가 파직되었다. 그 뒤 진주목사를 거쳐 중추부사에까지 이르렀다. 당색은 남인에 속하였으며 벼슬길이 순탄하지 못하였다고 한다. 「요로원야화기」는 1678년 지은이가 과거에 실패하고 시골로 돌아가는 길에 충청도의 요로원이라는 주막에서 하룻밤을 지내며 겪은 일을 다루어 당시 사회의 실정을 폭로하고 정치제도에 대한 불만을 풍자적으로 서술한 문답형식의 작품이다. 박두세의 운학에 대한 저술로는 「삼운보유(三韻補遺)」와 그것을 증보한 「증보삼운통고(三補三韻通考)」가 있다.

▌요로원과 박두세 생가 및 묘소

요로원은 충남 아산시 음봉면 신정리(陰峰面 新井里)에 있었던 옛 원(院)의 이름이다. 옛날 요로원이 있던 자리는 현재도 그 위치가 분명한데 다만 '요로원'이 음편(音便) 현상을 일으켜 '요란'이란 지명으로 불리고 있다.4) 요로원은 서울에서 과천과 천안을 거쳐 아산, 예산으로 가는 길목에 자리 잡고 있다. 박두세의 고향인 대흥을 가려면 이 요로원을 지나 아산을 거쳐 예산

---

4) 요란: 신정리 입구에는 현재 '요란수퍼'가 있다.

을 통과해야 한다.

박두세의 출생지는 현재 충남 예산군 신양면 녹문리 229번지이며 그 집을 박두세의 호를 따서 동암집 또는 수명정(水明亭)이라고 한다.5) 묘소는 예산군 대흥면 대율리 51-2번지에 위치해 있다.6)

....

5) 동암 박두세의 출생지에는 그의 10대 종손인 朴敬秀씨와 종친회장인 8대손 朴奎鎭씨, 종친회 총무인 9대손 朴承敎씨 세 분이 현장에까지 인도하여 주었으며 현재 그 터에는 큰 집의 종손인 朴龍太씨가 살고 있다. 건물은 최근에 다시 지은 것이나 박두세 당시에 쓰던 우물터는 그대로 남아 있었다. 생가 터 옆으로는 금강의 지류이며 지금의 예당저수지 상류인 상당히 폭이 넓고 제법 깊은 강이 얕은 절벽 아래로 흐르는데, 동암은 형제들과 이 언덕에서 낚싯대를 드리우고 풍월을 즐겼다고 한다. 이 집은 강가에 있고 주변의 풍광이 수려한 편이다.

6) 박두세의 묘소: 필자는 2009년 6월 28일에 대학원 제자들과 동암의 묘소를 답사한 바 있다. 동암의 후손에 의하면 그의 후손 중에 특별히 高官顯職에 오른 사람이 없었고 재산을 많이 가진 사람도 없어 산소를 제대로 가꾸지 못하였다고 하였다. 그러다가 최근에 산소를 새로 단장하였는데 풍수적 관점에서 석물을 하는 터가 아니라고 하여 석물은 하지 않고 봉분과 그 주위만 말끔하게 정리하였다. 묘소는 대흥면 소재지에서 산길을 따라 차로 한참을 달려서 산 중턱에 자리 잡고 있는데 묘소에 올라서면 시야가 넓게 트여 조망이 좋다.

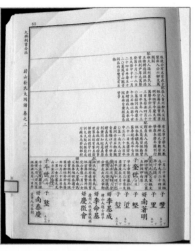

대동보 85쪽 동암 기록 1

울산박씨대동보 표지

대동보 86쪽 동암 기록 2

개축하기 전의 동암 묘소

2009년에 새로 단장한 동암묘소. 좌측은 배위의 묘소

동암 묘소에서 바라 본 전경

동암 묘소. 오른쪽으로부터 종손, 종친회 총무, 회장, 필자

동암 생가터에 있는 후손의 집

동암 생가터 뒤뜰

생가터 앞쪽 내. 여기서 동암 형제들은 낚시를 했다고 한다.

요로원 터인 아산시 음봉면 신정리

요로원터. 옥수수밭과 뒤쪽의 가건물자리가 원터라고 한다.

요로원야화기

要路院夜話記

요로원 두 길손의 문답

要路院二客問答

요로원야화기
要路院夜話記

要路院夜話記
(要路院二客問答)[1]

1

肅宗戊午年間[2] 湖西一士人[3] 隱其姓名 渡灞[4]下鄕 匹馬玄黃

駄卜[5]而騎 牽童懸鶉 每投院[6] 受侮不一 午發素沙[7] 初昏到要路

院[8] 緣蹇蹄[9]也 自度店舍行旅已滿 將此草楚行色 不可號主人

---

1) 要路院二客問答: 「동야휘집(東野彙輯)」 권7의 제명을 딴 것이다. 이
   책의 번역은 「동야휘집」의 자료를 대본으로 하였다.
2) 숙종 무오년: 조선 19대 숙종 4년(1678). 이 해에 작자 박두세는 28세
   였다.
3) 사인: 선비. 양반 신분의 남자.
4) 파강: 한강의 별칭. 원래는 중국의 장안 부근을 흐르는 위수(渭水)의
   지류.
5) 복태: 짐바리. 말이나 소로 실어 나르는 짐.
6) 원: 고려·조선 때에 출장하는 관리들의 숙박소. 공용으로 여행하는
   사람들에게 숙식의 편의를 주기 위하여 각 요로나 인가가 드문 곳에
   원을 두었다.
7) 소사: 경기도의 지명. 조선시대 삼남으로 통하는 중요한 역이 있던 곳
   이다. 한양(漢陽) - 동작진(銅雀津) - 과천(果川) - 갈산참(葛山站)
   - 미륵당(彌勒堂) - 류천(柳川) - 중저(中底) - 청호역(菁好驛) -
   진위(振威) - 소사(素沙) - 성환역(成歡驛) - 천안(天安)
8) 요로원: 지금의 충남 아산시 음봉면(陰峰面) 신정리(新井里)에 있었다.

驅斥賓旅 寧入士夫所館 庶幾相容 遂尋入一店 見土廳上 有一豪

華年少客 頹然半臥 高聲呼曰 若等安在 不禁行人入來 兩蒼頭應

聲突出 而士人已跳下騎 一僕曳其奴鞭其馬

叱出曰 爾目盲者 不見行次已入耶 一僕推士人勸之出

士人出且語曰 日已曛 姑歇此 定他舍 還出爲計 汝兩班在彼

何至相阨如此

客笑曰 且止且止

士人乃還入 將攝衣欲上土廳 而客臥自若 遂升堂立 若將拜謁

而猶偃然不動 意彼以京華裙屐10) 被服鮮麗 鞍馬豪快 鄕視余而

輕易之 其駃氣驕習 可以術折之 卽拜甚恭 客按枕點頭而已

9) 건제: 시원찮은 말.

10) 군극: 원래 중국 육조시대(六朝時代) 귀족 자제의 차림새. 부잣집
자제의 세련된 차림새 또는 부잣집 자제.

 # 요로원야화기
(요로원 두 길손의 문답)

1

숙종 무오년 간에 호서의 한 사인이 그의 성명을 숨기고 한 강을 건너 고향으로 내려갔다. 지친 말에 짐을 실은 채 말을 타고 가는데 동자의 옷은 허줄하고 헤져서 원(院)에 투숙할 때마다 모욕을 당한 적이 한 두 번이 아니었다. 오시(午時)에 소사에서 출발하여 초저녁에 요로원에 이르렀으니, 그것은 그 말이 부실했기 때문이었다. 스스로,

'점포에는 나그네들이 이미 찼을 것이므로 이런 초라한 행색으로 주인을 호령하여 손님을 쫓을 수는 없을 것이니 아예 사대부가 들어간 객사에 가면 그래도 용납될 수 있으리라.'

라고 생각하여 한 점포에 찾아 들어갔다.

들어가 보니 차림이 호사스러운 한 젊은 손님이 쓰러지듯이 반쯤 누워 있다가 큰 소리로 외쳤다.

"너희들 어디 있느냐? 행인이 들어오는 것을 왜 막지 않느냐!"

소리가 떨어지자마자 두 하인이 뛰어나왔으나 사인은 이미 말에서 뛰어내렸다. 한 하인이 사인의 종을 끌고 그의 말을 채찍질하여 몰아내며 꾸짖기를,

"자네 눈이 멀었는가? 행차가 이미 들어 있는 것이 안보여?"

하고 한 하인은 사인을 밀며 나가기를 권하였다.

사인이 나가면서,

"날이 이미 저물었으니 잠시 여기서 쉬고 있다가 다른 묵을 곳을 정하면 도로 나갈 것일세. 너의 양반이 거기 있으면서도 어찌 이렇게 막는가?"

라고 하자 객이 웃으면서 말하였다.

"그만 두어라, 그만둬!"

사인이 다시 들어가서 옷매무시를 가다듬고 봉당에 오르려고 하였으나 객은 여전히 태연하게 누워있었다. 마침내 봉당에 올라 인사를 하려고 하였지만 객은 드러누워 꼼짝도 하지 않았다. 그 객은 서울의 부잣집 자제 같아서 입은 옷이 깨끗하고 고

왔으며 말의 꾸밈새도 호쾌하였다. 사인은 객이 자신을 촌사람
으로 보고 업신여기고 있어 그의 어리석음과 교만한 습성을 술
수를 써서 꺾어야 되겠다고 생각했다. 곧 매우 공손하게 절을
하였으나 객은 베개를 베고 머리를 끄덕일 뿐이었다.

徐曰　尊在何所士人

跪對曰　住忠淸道洪州金谷里中

客笑其詳盡曰　我豈公誦戶籍單子11)乎

士人俯首曰　行次12)下問　不可以不13)詳也　因請曰　初欲得舍館
移去　日已昏黑　店且人滿　有此空隙　肯許坐此待曙耶

客曰　初云欲去　今云欲留　是二言也

士人曰　初云且止　今曰且止　是則一言乎

客曰　尊亦兩班也　兩班與兩班同宿　何所不可

士人曰　盛意可感　乃呼奴曰　馬牛入繫　粮米出給

客曰　豈牽入牛來耶　不言糧米則奴不知粮之爲米歟

士人曰　行次京客也　吾不是牽牛來　奴亦非不知粮之爲米　而言
馬必竝擧牛言　粮必竝擧米　鄕人之恒談也　鄕人聽之尋常　而行次
獨笑之　非京客而何

---

11) 호적단자: 호구단자(戶口單子). 해당인의 인적 사항을 적은 공문서.
12) 행차: 웃어른이 길을 나서서 어디로 감을 이르는 말 또는 그 사람.
13) 不: 원문에는 결락되었다.

2

그러더니 천천히 말하였다.

"존장은 어디 사는 양반이오?"

사인이 무릎을 꿇고 답하였다.

"충청도 홍주 금곡리에 살고 있습니다."

객은 그 대답이 너무 상세함을 비웃으며 말하였다.

"내가 언제 당신더러 호적단자를 외우라고 했나요?"

사인이 머리를 숙이고 말하였다.

"행차께서 하문하시는데 자세하게 답하지 않을 수가 없습니다."

그리고는 청하여 말했다.

"처음에는 묵을 곳을 얻어 옮기려고 했으나 날이 이미 저물고 여관도 사람이 다 찼습니다. 여기 빈자리에 앉아서 새벽까지 기다리는 것을 허락해 주시겠습니까?"

객이 말하였다.

"처음에는 가겠다고 하더니 지금은 머물겠다고 하니 이는 한 입으로 두 말을 하는 것이오."

사인이 말하였다.

"처음에도 머문다고 하고 지금도 머문다고 한다면 한 말을 하는 것인가요?"

객이 말하였다.

"당신도 양반이니 양반과 양반이 같이 자는 것이 어찌 안 될 것이 있겠소?"

사인이 말하였다.

"너그러운 뜻에 감사드립니다."

그리고는 종을 불러서 말하였다.

"마소를 들여다 매고 양식 쌀을 내주어라."

객이 말하였다.

"어째서 소를 끌고 들어 왔나요? 양식 쌀이라고 하지 않으면 종은 양식이 쌀인 줄을 모르나요?"

사인이 말하였다.

"행차는 서울 손님이군요. 저는 소를 끌고 오지도 않았고, 종도 양식이 쌀인 줄을 모르지 않지만 말[馬]을 말할 때면 반드시 소와 함께 말하고, 양식을 말할 때 반드시 쌀과 더불어 말하는 것이 시골사람들이 늘 하는 말투입니다. 시골 사람이 들으면 별것이 아닌데, 유독 행차께서 웃으시니 서울 손님이 아니고 무엇이겠습니까?"

3

客曰 君言亦復佳也 因問緣何事往底處

士人曰 爲族人欲頉丁役[14] 留洛下[15]知舊家回耳

客曰 知舊爲誰 所幹得諧費否

對曰 曾前上京 主六曹前金丞家 此舊識也 所幹費步同價[16]猶
不足 未諧而來矣

客曰 金丞何許人

曰 官人也 自云仕於兵曹 爲丞之職 其出也 遠則騎近則步 亦
着紗帽冠帶 謂吾曰 日後有事上京 主我家 我爲之幹旋云

客太息曰 君見欺於書吏也 丞書吏之稱 非官員也 官員豈有徒
步者乎 所戴非紗帽 所謂蠅頭[17] 所着非冠帶 卽團領[18] 君陷渠術
中空費價 惜乎 行人例如此 客因鄙夷士人 不復稱尊 而直以君呼
之

---

14) 정역: 장정이 국가에 의무적으로 부담하는 병역이나 부역.
15) 낙하: 서울의 별칭.
16) 보동가: 보(步)는 보병(步兵)으로 굵고 거칠게 짠 베를 말한다. 따라서
    보동가란 베의 동(同) 값을 말하는바 여기서는 김승이란 자에게 뇌물
    로 주려고 한 금액을 말한다.
17) 승두: 서리(胥吏)의 모자.
18) 단령: 서리의 옷.

士人曰　書吏官人固若是殊別乎

客曰　甚矣　君之鄕暗也　君所居金谷　去州城幾里

曰　不記也　但聞曉發夕至

客曰　君所居之在僻如此　宜乎不識書吏官員之別　君之州凡百姓
之所仰望而敬畏之者誰也

曰　書員衙前

曰　又有加於此者乎

曰　別監座首

曰　又有高於此者乎

曰　無

曰　獨不知有牧使乎

曰　牧使州中之王也　豈可與衙前輩同日語哉

曰　君言是也　君之云牧使卽京之官員　此之書吏卽彼之衙前

曰　然則吾所知金丞亦非兩班耶

3

객이 말하였다.

"당신의 말도 그럴듯하군요."

그리고는 무슨 일로 어디를 가느냐고 물었다. 사인이 말하
였다.

"친족의 정역을 면제 해주려고 서울의 아는 사람 집에 머물
다가 돌아가는 길입니다."

객이 말하였다.

"아는 사람은 누구요? 주선했던 일은 잘 해결되었나요?"

사인이 대답하였다.

"예전에 상경하여 육조 앞의 김승 집을 주인으로 정하였지요.
그는 전에 알던 사람입니다. 주선하는 데 드는 비용인 베가 부족
하다 하여 해결하지 못하고 돌아왔습니다."

객이 말하였다.

"김승이란 사람은 어떤 사람이지요?"

"관인이랍니다. 스스로 병조에서 벼슬하며 승의 직책을 맡
는다고 했습니다. 그가 밖에 나갈 때는 멀면 말을 타고 가고 가
까우면 걸어서 갑니다. 또한 사모관대를 착용합니다. 나에게 말

하기를 '나중에 일이 있어 상경하면 우리 집으로 주인을 정하시오. 내가 주선해 주리다' 하더군요."

객이 크게 탄식하며 말하였다.

"그대가 서리에게 속았군요. 승이란 서리를 일컫는 것으로 관원이 아니라오. 관원이 어찌 걸어 다니는 사람이 있겠소? 머리에 쓴 것은 사모가 아니라 소위 승두라는 것이지요. 입은 것도 관대가 아니라 단령이라는 것이라오. 그대는 그의 술수에 빠져서 헛돈을 쓰셨군요. 안타깝게도 행인에게 그런 일은 예사로 있는 일이지요."

객은 이로 인하여 사인을 얕잡아 보고 다시는 존칭을 사용하지 않고 '자네'라고 불렀다. 사인이 말하였다.

"서리와 관원이 진실로 이처럼 매우 다른 것입니까?"

객이 말하였다.

"심하구나, 자네의 어리석어 세상물정을 모르는 것이! 자네가 사는 금곡은 고을의 성에서 거리가 얼마나 되나?"

"기억이 나지 않지만 새벽에 출발하면 저녁에 도착한다고 들었습니다."

객이 말하였다.

"자네가 사는 곳이 그토록 후미지니 서리와 관원의 구별을 알지 못하는 것도 당연하네. 자네가 사는 고을에서는 모든 백성이 우러러보며 공경하고 두려워하는 사람이 누구인가?"

"서원과 아전입니다."

"또 이 사람들보다 높은 사람이 있는가?"

"별감과 좌수입니다."

"또 이 사람들보다 더 높은 사람이 있는가?"

"없습니다."

"어찌 유독 목사가 있다는 것을 알지 못하는가?"

"목사는 고을의 왕입니다. 어찌 아전의 무리와 함께 이야기할 수 있겠습니까?"

"그대의 말이 옳구먼. 자네가 말하는 목사가 바로 서울에서 보내는 관원이고, 그곳의 서리는 바로 그 목사의 아전이지."

"그렇다면 제가 아는 김승도 양반이 아닙니까?"

④

客笑曰 今日乃知非兩班乎 君欲知兩班之称乎 仕路有東西班職

經東西班者謂之兩班 彼丞卽兩班之所役使者 何可僭擬乎兩班

士人曰 僕鄉人也 不知丞之称乃書吏之號 而徒見蠅頭團領 有

似紗帽冠帶 認以爲兩班而納交也 因自咄咄憤歎

客曰 何爲忿恨也 豈惜半同步兵之弁歟

士人曰 非也 雖費一同 爲族人頒役 夫復何惜 前日金丞問吾字

其後金丞每字吾 吾亦字金丞矣 到今思之 渠以胥輩 呼兩班之字

不亦濫乎 不亦忿且恨乎 不遇行次 長受大辱

客大笑曰 行次之德不少 又問 君居鄉爲何等兩班

曰 吾亦上等兩班

客曰 君爲上等兩班 則族屬何爲見侵於軍保19)

士人曰 諺云 貴人亦有裌裏眷黨20) 此何足累余

19) 군보: 1. 조선 시대에, 군역 의무자로서 현역에 나가는 대신 정군(正
軍)을 지원하기 위하여 편성한 신역(身役)의 단위. 한 사람의 현역병
에 대하여 조정(助丁) 두 사람씩을 두어 농작(農作)을 대신하여 주도
록 하였는데, 후기에는 양병(養兵) 비용에 쓰기 위하여 조정의 역(役)
을 면하여 주고 그 대가로 군포를 바치게 하였다. 향보(餉保). 2. 군포:
(軍布) 조선 시대에, 병역을 면제하여 주는 대신으로 받아 들이던 베.
군보(軍保)·군보포·군역포·군포목.

20) 보과권당: 보를 쓴 친족. 천한 신분의 친족.

客曰 君里中亦有他兩班乎

曰 有之

曰 誰

曰 北里有倪座首 東隣有牟別監

4

객이 웃으며 말했다.

"오늘에야 양반이 아닌 것을 알았는가? 자네는 양반이라는 호칭을 알고 싶은가? 벼슬길에 동서반의 관직이 있는데 동서반을 지낸 사람을 양반이라고 하지. 그 김승은 바로 양반이 부리는 사람이니 어찌 주제넘게 양반에 견줄 수가 있겠는가?"

"저는 시골 사람이라서 승이 서리의 호칭인 것을 알지 못하여 다만 승두·단령을 사모관대와 비슷하게 보고 양반으로 알아 사귀게 되었답니다."

그리고는 스스로 혀를 차며 분해하고 탄식하였다.

"무엇 때문에 분해하는가? 혹시 반 동 베를 버리게 된 것이 아까워서인가?"

"아닙니다. 비록 한 동을 썼더라도 족인의 정역을 면제하기 위해서였는데 다시 무엇이 아깝겠습니까? 전날에 김승이 저의 자를 물어보았는데, 그 뒤로 김승은 매번 자로 저를 불렀습니다. 저도 역시 자로 김승을 불렀고요. 지금에 와서 생각하니 저가 서리배로서 양반의 자를 불렀으니 건방지지 않습니까? 또한 분하고 한탄스럽지 않겠습니까? 행차를 만나지 않았더라면 오랫동안 큰 모욕을 당할 뻔했습니다."

객이 크게 웃으며 말하였다.

"행차의 덕이 적지 않구먼."

또 물었다.

"자네는 시골에서 어떤 등급의 양반인가?"

"저도 상등 양반입니다."

"자네가 상등 양반이라면 족속이 어찌 군보에 들어가게 되었는가?"

"속담에 귀인에게도 천한 친족이 있다고 했으니 그것이 어찌 나에게 부담이 되겠습니까?"

"자네 마을에도 다른 양반이 있는가?"

"있습지요."

"누군가?"

"북쪽 동네에는 예좌수가 있고, 동쪽 이웃에는 모별감이 있지요."

⑤

客曰 是亦上等兩班乎

曰 然 其兩班伯仲於余 而威勢權力 非吾之所敢望也 昔倪公之
微賤也 妻鉬茱 子牧牛 夏則荷鍤於水溝 称兩班而先漑 冬則挾布
於場市 字常漢而共飮 勸農21)之來謁 頷頤應之曰 勿勿 書員22)之
過拜 低冠答拜之曰 好好 浮沈閭巷 頗似尋常人矣 一朝薦爲別監
未久轉至座首 出則坐鄕廳 官吏羅拜於庭下 入則對官司23) 騶從
伺候於門外 前日未厭糝羹 而忽飫玉食 昔時不具犢駕 而遽馳肥
馬 女妓薦枕 貢生24)侍席 喜給還上 怒施刑杖 客至呼酒 口渴喚
茶 平日比肩之朋交 睨示之常漢 莫不拱揖以禮之 俯伏而畏之 號
令威風 振動於一境 苞苴賂遺 絡繹於四隣 此非丈夫事業乎 一日
倪公 因還上分給 出給25)在海倉26) 僕欲丐斗斛之惠 往拜之 飮我
三盃酒 因噴舌曰 顆頤公之爲沈沈執綱也

<hr>

21) 권농: 조선 시대에 지방의 방(坊)이나 면에 속하여 농사를 장려하던
사람.
22) 서원: 조선시대에 각 고을의 세금을 거두어들이던 구실아치. 서리가
없던 관아에 두었던 벼슬아치.
23) 관사: 관아. 여기서는 관장(官長)인 수령을 지칭함.
24) 공생: 향교에서 심부름 하는 사람. 교생(校生).
25) 원문의 '給'자는 잘못 들어간 글자다.
26) 해창: 바닷가에 있는 곡물 창고.

5

"그 사람도 상등양반인가?"

"그렇습니다. 그 양반도 나와 비슷합니다. 그러나 그의 위세와 권력은 내가 감히 바랄 바가 아닙니다. 옛날 예공이 미천하였을 때에 그의 아내는 채소밭을 매고 아들은 소를 먹였지요. 여름에는 도랑으로 삽을 메고 다니며 양반이라면서 남들보다 먼저 논에 물을 대고, 겨울이면 장터에서 베를 옆에 끼고 나가 팔았으며, 상놈들과 동무하며 함께 술을 마셨습니다. 권농이 와서 뵈면 턱으로 대답하여 '안되지, 안돼.' 하다가도 서원이 지나가면서 인사하면 머리를 숙이면서 절하여 답하기를 '좋아요, 좋아요.'라고 하면서 마을에서 생활하는 것이 보통사람들과 매우 비슷하였습니다.

하루아침에 천거되어 별감이 되었고 오래 되지 않아 좌수까지 되어 나가서 향청에 앉아있으면 관리들이 뜰아래에 늘어서서 절을 하고, 들어가면 관사를 마주하며 말몰이 하인이 문밖에서 시중을 듭니다. 전날에는 싸래기죽도 실컷 먹어 본적이 없었는데 갑자기 흰 쌀밥을 물리도록 먹으며, 옛날에는 송아지를 타고 다니지도 못했는데 갑자기 살찐 말을 타고 다니며, 기녀가

잠자리를 모시고, 공생이 자리에 모시며, 기분이 좋으면 환곡을 주고, 화나면 형장을 안깁니다. 손님이 오면 술을 올리라고 소리치고, 갈증이 나면 차를 올리라고 부르며, 평일에 서로 어깨를 나란히 하던 친구들을 상놈으로 흘겨보니, 친구들이 손을 모아 읍하여 예를 올리거나 엎드려서 두려워하지 않는 자가 없습니다. 호령할 때의 위풍이 고을 안에 온통 진동하여 뇌물이 사방에서 끊어지지 않으니, 이것이야말로 대장부의 사업이 아니겠습니까?

하루는 예좌수가 환곡을 나누어 주려고 해창에 나와 있었지요. 저는 얼마간의 곡물을 구걸할까하여 가서 절을 했더니 내게 석 잔의 술을 먹여주더군요."

그리고는 혀를 차며 말하였다.

"부러울시고! 좌수가 공무를 집행하는 성대함이여!"

6

客大笑附掌曰　此眞上等兩班

有頃奴告飯

士人曰　擧松明火上之

客曰　君以上等兩班　行中不具燭乎

士人謬曰　行中燭盡於去夜

盖見人豪華　羞己困弊　無而若有　對客誇談　固鄉生之態也

客諦其僞對　哂之良久　呼其僕曰　松明烟苦之去　其僕出來　撲滅之

士人停食曰　眼不明夜　匙難尋口

客曰　盲亦食矣

士人曰　盲人久久成習　撫盤自飧　然余不盲者也　猝然失明　實不省飯在那處　假使行次能覓食如淸晝乎　不借眼於鵂鶹　換睛於蝙蝠　定自掬入口乎　而已呼奴曰　更擧火

客笑曰　欲觀君處變　故戲之耳　乃命其僕　擧燭炷蠟　長坮煌煌可好　士人行饌　惟餘焦醬數塊　靑魚半尾　半開盒　摘出呑之　若不欲示客

客遽伸臂去其盖　視之曰　上等兩班飯饌不好

士人故爲恧縮狀曰 久客之餘 將盡之 饌何係兩班高下 床旣撤
取客竹欲盛草

客遽奪其竹曰 尊前不敢燒南草 況汚吾竹乎

士人作色曰 倪座首车別監前 猶燒此草 何有於行次眼前 指客
口曰 此口亦口 指其口曰 吾口亦口 何汚之有

客大笑 還授竹曰 君可謂唐突西施[27] 倪座首车別監 誠尊矣 我
獨不爲座首別監乎

....

27) 서시: 춘추시대 월나라의 미녀.

6

객이 크게 웃고 손뼉을 치면서 말하였다.

"그 사람은 진짜 상등 양반이구먼."

조금 있다가 종이 밥 때가 되었다고 아뢰었다.

사인이 말하였다.

"관솔불을 들어서 올려라."

객이 말하였다.

"자네는 상등 양반으로 짐 보따리 속에 초도 갖추지 못했는
가?"

사인이 거짓으로 말하였다.

"어제 밤에 짐 보따리 속의 초가 다 떨어졌습니다."

아마도 남의 호사를 보고 나의 궁핍이 부끄럽기는 하지만,
도리가 없을 때 상대를 향하여 큰소리를 치는 것이 시골 양반의
행태인 듯했다.

객이 그가 거짓으로 대답하는 것을 살피고 한참을 웃다가
자기 종을 불러서 말하였다.

"관솔불 연기가 괴로우니 치워라."

그의 종이 와서는 관솔불을 쳐서 꺼버렸다.

사인이 식사를 멈추고 말하였다.

"밤눈이 어두워서 숟가락이 입을 찾기가 어려운데요."

객이 말하였다.

"맹인도 먹는다네."

사인이 말하였다.

"맹인은 오래도록 습관이 되어 소반을 어루만지며 스스로 먹지만 저는 맹인이 아닙니다. 갑자기 실명하여 실로 밥이 어느 곳에 있는지 볼 수가 없습니다. 가령 행차도 밝은 대낮처럼 밥을 찾아서 먹을 수가 있겠는지요? 수리부엉이의 눈을 빌릴 수도, 박쥐의 안구로 바꿀 수도 없으니 스스로 밥을 움키어 입으로 넣을 수 있겠습니까?"

이윽고 하인을 불러 말하였다.

"다시 불을 들어라."

객이 웃으며 말하였다.

"자네의 임기응변을 보려고 희롱했을 뿐일세."

그리고는 그의 하인에게 초를 들고 밀랍 초에 불을 붙이게 하자 장대가 환하여 좋았다. 사인의 도시락 반찬은 오직 볶은장 몇 덩이와 청어 반 토막으로, 찬합을 반쯤 열고 집어내어 얼른 삼켰는데 객에게 보이고 싶지 않은 듯하였다.

객이 갑자기 팔을 뻗쳐 그 뚜껑을 열어젖혀서 살펴보고는 말하였다.

"상등 양반의 반찬이 좋지 않구먼."

사인이 일부러 부끄러워 움츠리는 모양으로 말하였다.

"나그네 생활을 오래 하다 보니 반찬이 거의 다 되었지요. 반찬이 양반의 높고 낮음에 무슨 상관이 있겠습니까?"

상을 거둔 뒤에 사인이 객의 담뱃대를 가져다가 담배를 담으려고 하자 객이 얼른 그 담뱃대를 빼앗으며 말하였다.

"어른 앞에서 감히 담배를 피울 수 없거늘 하물며 나의 담뱃대를 더럽히다니."

사인이 화를 내며 말하였다.

"예좌수·모별감 앞에서도 담배를 태웠는데 어찌 행차의 앞에서 못 피우겠습니까?"

그리고는 객의 입을 가리키며,

"이 입도 입이요."

하고는 자신의 입을 가리키며,

"제 입도 입인데 무슨 더러움이 있겠습니까?"

라고 하자 객이 크게 웃고 도로 담뱃대를 주면서 말하였다.

"자네는 당돌한 서시라고 할 만하네. 예좌수·모별감은 정말 어른이구만. 내가 유독 좌수·별감이 되지 못하겠는가?"

7

士人曰 行次於所居邑 或得爲座首 洪州座首 決不得照望矣

客曰 吾居京中 京中豈有座首

士人曰 座首州郡中極職 京中獨無居首之職乎

客曰 領議政首職也

士人曰 然則行次或可爲領議政 吾州座首未易圖也

客搖首曰 高矣美矣 座首之任也 且曰 君州座首雖未易圖 獨不可爲君州牧使乎

士人曰 牧使出於京中 此則易也 然牧使有可貴者 亦有不足貴者

客曰 一州王胡不貴乎

士人曰 某時某牧使來 其心麟仁 一洞唱麟子之歌 歌曰

子兮子兮

其父麟

父兮父兮

其子麟

有是父

有是子

胡不萬春

此爲可貴者 某年某牧使來 其欲狼貪 四隣唱狼子之歌 歌曰

子兮子兮

其父狼

父兮父兮

其子狼

有是父

有是子

胡不促亡

此爲不足貴者 行次當爲吾州牧使 能使百姓不歌狼而歌麟乎

7

사인이 말하였다.

"행차께서 사는 고을에서는 혹시 좌수가 될 수 있을 것이지만, 홍주 좌수는 결단코 바랄 수가 없을 것입니다."

"나는 서울에 사는데 서울에 어찌 좌수가 있겠는가?"

"좌수는 고을에서 가장 높은 관직인데 서울에만 우두머리가 되는 관직이 없습니까?"

"영의정이 제일 높은 관직이지."

"그렇다면 행차는 혹 영의정이 될 수는 있을지라도 우리 고을의 좌수는 쉽게 도모할 수 없을 것입니다."

객이 머리를 절레절레하며,

"높을시고! 아름다울시고! 좌수의 소임이여!"

하고는 또 말하였다.

"자네 고을의 좌수는 비록 쉽게 도모하지 못할 것이지만 유독 그대 고을의 목사는 될 수가 없겠는가?"

"목사는 서울에서 나오는 것이니 그것은 쉽지요. 그러나 목사 중에는 고귀한 자도 있고 고귀하지 못한 자도 있답니다."

"한 고을의 왕이 어찌 귀하지 않는가?"

"어느 때 아무개 목사가 왔는데, 그의 마음이 기린처럼 인자하여 온 동네가 '기린 아들의 노래'를 불렀지요. 그 노래는 이랬답니다.

> 아들이여! 아들이여!
> 그의 아버지는 기린이로다.
> 아버지여! 아버지여!
> 그의 아들이 기린이로다.
> 그런 아버지가 있기에,
> 그런 아들이 있으니,
> 어찌 오래오래 살지 않으리오!

이는 고귀한 자를 위한 노래입니다.

어떤 해에 아무개 목사가 왔는데, 그는 사납고 탐욕스러운 늑대였습니다. 사방의 이웃들이 '늑대 아들의 노래'를 불렀지요. 그 노래는 이러했습니다.

> 아들이여! 아들이여!
> 그의 아버지는 늑대로다.
> 아버지여! 아버지여!

그의 아들은 늑대로다.

그런 아버지가 있어,

그런 아들이 있으니,

어찌 빨리 망하지 않으리오!

이는 고귀하지 못한 자를 위한 노래입니다.

행차가 마땅히 우리 고을의 목사가 되면 백성들이 늑대의 노래를 하지 않고 기린의 노래를 부르게 할 수 있겠습니까?"

8

客笑曰 吾爲君州牧使 當使百姓父母我矣

士人笑曰 其能易乎 且曰 京中首職亦有可貴者 不足貴者乎 亦
有歌麟狼之調者乎

客曰 有賢宰相 眞宰相 淸白宰相 爲可貴者 可貴者亦可以歌麟
矣 有癡宰相 盲宰相 坊門28)宰相 爲不足貴者 亦可以歌狼矣

士人曰 予不文 未審所謂

客曰 此皆古實 在方冊者 因問君入丈乎

曰 未也

曰 年幾何

曰 無一年三十

曰 未晩也 明年入之 猶不遠小學之道 然君以上等兩班 何至今
未娶

士人歎曰 兩班之故 尙未入丈 彼欲則吾不肯 吾求則彼無意 鄕
之兩班如我者少 欲必得如我者 而好風不吹 遂至於此

客曰 君勿恨歎 君之身短短未長 君之頤板板無髥 待身之長 而

---

28) 방문: 마을 어귀에 세운 문. 여기서는 규모가 작거나 옹색하다는 뜻으
　　로 쓰였다.

鬒之生　則那無入丈之日耶

　士人曰　行次勿嘲　人之言曰　不孝有三　無後爲大　三十未聚　豈

非大可憫者乎

　客曰　何不求於倪座首牟別監乎　豈其家無處子耶

　曰　處子則有之　年且落數歲　甚相敵也

　客曰　然則彼亦老處子　以老都令　配老處子　正所謂配合也　何不

相婚

　曰　未有易者

　曰　何事未易

　曰　此正我求　則彼無意者

8

객이 웃으며 말하였다.

"내가 자네 고을의 목사가 되면 마땅히 백성들이 나를 부모처럼 여기게 할 것일세."

사인이 웃으면서,

"그게 그리 쉬울까요?"

하고는 또,

"서울에서 제일 높은 벼슬도 귀한 것과 귀하지 않은 것이 있으며, 또한 기린이나 늑대를 노래하는 곡조가 있습니까?"

"어진 재상, 참 재상, 청백한 재상은 귀한 자이고, 귀한 자에게는 또한 기린의 노래를 부를 수가 있겠지. 어리석은 재상, 눈먼 재상, 옹색한 재상은 귀하지 않은 자이니, 또한 '늑대의 노래'를 부를만하지."

"제가 무식하여 무슨 말씀인지 모르겠습니다."

"이것은 모두 옛날에 있었던 사실이야."

그리고는 물었다.

"자네 장가들었나?"

"아직 들지 못했습니다."

"나이가 몇인가?"

"한 해가 모자란 서른입니다."

"아직 늦지 않았군. 내년에 장가를 들어도 오히려 소학의 도리29)에서 멀지는 않구먼. 그런데 자네는 상등 양반으로서 어찌하여 지금까지 장가를 들지 않았는가?"

사인이 탄식하며 말하였다.

"양반이기 때문에 아직도 장가를 들지 못했습니다. 저쪽에서 하고자 하면 내가 하기가 싫고, 내가 하려고 하면 저쪽에서 뜻이 없습니다. 시골에 양반이 나와 같은 사람은 적고, 반드시 나와 같은 사람을 얻으려고 하지만 좋은 바람이 불지 않아서 마침내 이 지경에 이르렀습니다."

"자네, 한탄하지 말게나. 자네의 몸은 짤막하고 크지 않으며 턱은 빤빤하여 수염이 없지만 몸이 커지고 수염이 나오기를 기다리면 어찌 장가 갈 날이 없겠는가?"

"행차는 비웃지 마시오. 사람들이 이르기를 '불효에 세 가지가 있는데, 자식이 없는 것이 가장 큰 것'이라고 했습니다. 삼십에 장가들지 않았으니 어찌 큰 고민거리가 아니겠습니까?"

....

29) 소학의 도리: '삼십에 아내를 두어 비로소 남자의 일을 다스리며(三十 而有室 始理男事)'『소학, 입교(立敎)』.

"어째서 예좌수나 모별감에게 구혼을 하지 않았나? 그 집안에는 처자가 없는가?"

"처자는 있지요. 나이가 몇 살 적어서 매우 안성맞춤이랍니다."

"그러면 그도 늙은 처자이니 늙은 도령이 늙은 처자를 짝하면 그야말로 천생연분인데, 어째서 서로 혼인하지 않는가?"

"쉽지가 않답니다."

"왜 쉽지가 않은가?"

"이것이야말로 '내가 진정 구하나 저쪽에서 뜻이 없는 것'이지요."

9

客曰 君以上等兩班 降求於渠 渠何敢乃尒

曰 非他也 吾兩班昔之龍 而蠖屈30)乎 彼兩班古之鵠 而鵠擧31)乎 時者適去 王侯將相寧有種乎 眞談所謂 化是兩班32)也

客笑曰 座首別監 兩班之化者乎

曰 兩班固非一層 有爲約正33)而稱兩班者 有爲風憲34)而稱兩班者 有倉監官35)而稱兩班者 過此而爲別監 其層又加 過此而爲座首 其層尤高 居鄕而得座首之稱 果非兩班之善化者乎

客曰 君儀狀端雅 言辯敏給 雖在鄕曲 必不空老 明牧使見君 別監座首擧而畀之 君之化兩班亦不遠矣 吾爲君指婚處乎

---

30) 확굴: "자벌레가 굽힘은 펴기 위함이요, 뱀이 칩거함은 몸을 보존하기 위함이다(尺蠖之屈而求其伸也 龍蛇之蟄而存身也)". 『주역, 계사(繫辭)』. 군자는 때가 불리(時不利)하면 움츠려서 때를 기다린다는 뜻이다.
31) 곡거: 고니가 높이 날아오르다. 때를 만나 웅지를 펴다.
32) 화시양반: 본래 양반의 신분이 아닌 사람이 양반으로 행세하는 부류의 사람.
33) 약정: 조선시대 향약 단체의 임원. 도약정과 부약정이 있음.
34) 풍헌: 조선시대 향소직(鄕所職)의 하나. 면이나 동리의 일을 맡아 봄.
35) 창감관: 관청이나 궁가에서 돈. 곡식 따위의 출납을 맡아보던 관리.

士人若不知言之戲　而猝然喜動顔色曰　不亦好乎　何感如之　豈
行次門中　有阿只氏乎

客合口良久　以文字獨言曰　無如駯何　無如駯何　乃曰　吾門中無
有　而我自知有處　歸當言之

士人曰　雖許婚　不知行次所居　何由相聞

客曰　君雖不知吾居　吾已知君之所居　相通何難　卽當專人36）報
于忠淸道洪州金谷老道令宅

士人曰　然則幸甚　自是客稱士人　以老道令爲笑資

士人欠伸數次曰　夜向闌矣　鞍馬之勞　睡魔先導

客曰　吾自湖南轉入內浦37）馬上一朔　未或困憊　君作數日之行
而乃欲先我宿耶　老人在路　其氣易困　其睫易交　此莫非老道令之
故也

士人曰　然矣　吾爲道令之已老者　行次爲書房之方少者也　已老
者臥　而方少者坐　禮固然矣　遂脫笠而臥

<hr />

36) 전인: 편지 전달 등의 심부름을 위하여 임시로 고용한 사람.

37) 내포: 조선왕조실록의 기록에서는 내포지역을 홍주목(洪州牧, 지금
   의 홍성군)이 관할하던 충남 서천에서 경기도 평택까지의 20여 고을을
   지칭하기도 했다. 이런 기록들에 의하면 내포지역은 충청도 지역 중에
   서 서해안을 끼고 있는 대부분의 지역을 포함하고 있다는 것을 알 수
   있다.

客笑曰 君善譴者 然起起 士人笑而起坐 客或誦古文 或吟詩句

士人曰 行次所讀何書 盖以誦爲讀 亦鄕語也 客笑曰 風月也

9

"자네가 상등 양반으로 그에게 신분을 낮추어 구혼하는데 그가 어찌 감히 그런단 말인가?"

"다름이 아니라. 나의 양반은 옛날에는 용이었으나 지금은 움츠린 자벌레의 꼴이고, 그 양반은 옛날에는 굴뚝새였으나 지금은 고니가 높이 날아오르는 형상이지요. 때가 가버렸으니 왕후장상에 어찌 씨가 있겠습니까? 진담에 이른바 양반으로 행세하는 양반이지요."

객이 웃으며 말하였다.

"좌수와 별감은 양반으로 행세하는 자들인가?"

"양반은 진실로 한 층이 아닙니다. 약정이 되어 양반이라 칭하는 자가 있고, 풍헌이 되어 양반이라 칭하는 자가 있으며, 창고의 감관이 양반이라 칭하는 자가 있습니다. 이것을 지나면 별감이 되는데 그 층이 또 더하여지며, 이것을 지나면 좌수가 되는데 그 층이 더욱 높지요. 시골에 살면서 좌수의 칭호를 얻으면 과연 제대로 된 양반이 아니겠습니까?"

"자네의 거동이 단아하고 언변이 좋아 비록 향곡에 살고 있어도 반드시 헛되이 늙지는 않을 것일세. 현명한 목사가 자네를 보면 별감·좌수 자리를 들어서 줄 것이니 그대가 양반 행세를 할 날도 멀지 않을 것이야. 내가 자네에게 혼처를 지시하여 줄까?"

사인은 장난으로 하는 말인 줄을 모르는 척하며 갑자기 기쁜 거동과 얼굴빛으로 말하였다.

"또한 좋지 않겠습니까? 얼마나 감사한지요. 행차의 문중에 아기씨가 계십니까?"

객이 입을 다물고 한참 있다가 문자로 혼자 말하였다.

'바보는 어쩔 수가 없구나! 바보는 어쩔 수가 없구나!'

그리고는 말하였다.

"우리 문중에는 없지만 내가 있는 곳을 아니 돌아가서 꼭 말해 주겠네."

"비록 혼인을 허락하더라도 행차가 사시는 곳을 알지 못하니 서로 소식을 어떻게 전하지요?"

"자네가 비록 내가 사는 곳을 알지 못하나 내가 이미 자네의 사는 곳을 알고 있으니 서로 소식을 통하는 것이 어찌 어렵겠는가? 즉시 심부름꾼으로 충청도 홍주 금곡의 노도령 집에 소식을 알릴 것이네."

"그렇다면 매우 다행입니다."

이로부터 객은 사인을 노도령이라 부르고 웃음거리로 삼았다.

사인이 몇 차례 하품을 하고 기지개를 켜더니 말하였다.

"밤이 깊어 가는데 말을 타고 왔더니 피곤해서 잠이 옵니다."

"나는 호남으로부터 내포로 옮겨와 말 위에 한 달이나 있었어도 고단하지 않은데 자네는 며칠의 여행을 하고서 나보다 먼저 자려고 하는가? 노인이 길을 가면 그 기운이 쉽게 피곤하고 그 눈썹이 쉽게 붙지. 이는 모두 노도령이어서 그런 거야."

사인이,

"그렇습니다. 저는 도령 중에서 이미 늙은 도령이고, 행차는 서방 중에서도 한창 젊은이입니다. 이미 늙은 사람은 눕고 한창 젊은 사람이 앉아 있는 것은 예절이 진실로 그러한 것이지요."

하고는 마침내 행립38)을 벗고 누웠다.

객이 웃으며 말하였다.

"자네는 익살스러운 말을 잘 하는군. 그러나 어서 일어나 보게."

----

38) 行笠: 먼길을 갈 때 쓰는 삿갓.

　　사인이 웃으며 일어나 앉았다. 객은 고문을 외다가 시구를
읊다가 했다.

　　사인이 말하였다.

　　"행차가 읽는 것은 무슨 책인가요?"

　　대개 외우는 것을 읽는다고 하는 것이 또한 시골의 말이다.

　　객이 웃으며 말하였다.

　　"풍월이라네."

10

因問曰 觀君身手 必不能張弓架箭馳馬試劍 豈爲儒業[39]乎

士人不辭讓而對曰 僕雖居鄕 恥學武事 儒業則未能 而文行[40]
則粗識 第於十四行[41]中 二字加畫變音者 甚難解 盖嘗眷眷反復
於此 而口訥舌强 至今未瀅

客曰 豈爲諺文耶 此乃反切 非眞書也

士人曰 鄕曲人知反切亦鮮 況眞書乎 能解眞書 何患乎家貧 又
何患不得閑游 某里有某甲 學千字爲書員致富 一坊待之 某村有
某乙 讀史略爲校生免役 一鄕佳之 亦有二三人 荷明紙出入科場
爲先輩業 而所志[42]議訟[43]飛筆書之 里閈尊敬 隣保[44]問遺[45] 鷄
首魚尾我飫逮族 此則眞書之利 非人人可能也 金戶主者頗解文

---

39) 유업: 유자(儒者)의 학업.

40) 문행: 글줄.

41) 14행: 열 네 줄. 한글의 '가갸거겨…, 나냐너녀…, …, 하햐허혀…' 까지
모두 14줄.

42) 소지: 관가에 올리는 소장(訴狀).

43) 의송: 고을의 소송에서 패소한 사람이 그 판결에 불복하여 다시 관찰
사에게 상소하는 일이나 그 문서.

44) 인보: 조선 초기에 향촌을 통제하고 호적을 작성하기 위하여 10호(戶)
또는 여러 호를 하나로 묶은 편호 조직.

45) 문유: 뇌물을 줌. 위로하여 음식물을 대접함.

坐戶主十餘年亦饒産 爲男子者 縱未能眞書 學知諺文 亦足以磨

鍊結卜⁴⁶⁾ 看讀古談冊 雄於一村中耳

　客曰 君之學反切 亦欲坐戶主⁴⁷⁾乎

　曰 然 常人坐戶主自行之 兩班坐戶主使奴行之 戶主何妨

　客曰 然則稱君戶主可乎

　曰 何所不可

　客曰 人而不文不可謂人也

　士人曰 吾雖不文謂之人

　客曰 君知人之所以爲人者乎 有人其面者 有人其心者 徒能人

其面而不能人 其心非人也 文所以人其心者也 君都不知文 惡得

爲人

　士人曰 以面言之 行次面人也 吾之面人也 以心言之 行次知眞

書 行次心人也 吾知諺文 吾心亦人也 誰或曰非人也

　客笑之 又問 古之人有夫子者乎

　曰 不知也

　曰 各邑皆有鄕校 主鄕校而享春秋釋奠⁴⁸⁾者誰也

----

46) 결복: 8결에 해당하는 면적의 땅. 조선 시대에, 토지세 징수의 기준이
　　되는 논밭의 면적에 매기던 단위인 결·짐·뭇을 통틀어 이르는 말.
47) 호주: 호수(戶首)와 같다. 전지 8결을 단위로 하여 선발한 전부(佃夫:
　　농부)의 대표자. 전조(田租)를 거두어서 바치는 일을 맡아 보았다.

曰 孔子

曰 孔子卽夫子也

士人曰 鄕人少知識 但知孔子 不知孔子之別號又有夫子 客噱

噱大笑

又問 君知有盜跖49)乎

曰 聞之

曰 孔子盜跖孰爲賢人

曰 行次無我矣 我雖迷劣 豈不知孔盜是非乎

....

48) 석전: 석전제. 음력 2월과 8월의 상정일(上丁日)에 문묘(文廟)에서 선
  성(先聖)·선사(先師)에게 지내는 큰 제사. 후세에 공자를 비롯한 유
  가의 현성(顯聖)을 제사하는 말로 되었음.
49) 도척 : 중국 춘추 시대의 큰 도둑. 공자와 같은 시대의 노(魯)나라 사
  람. 현인(賢人) 유하혜(柳下惠)의 아우로 그의 도당 9천명과 떼 지어
  항상 전국을 휩쓸었다고 한다. 몹시 악한 사람을 비유하여 이르는 말.

10

그리고는 물었다.

"그대의 풍채를 보니 틀림없이 활을 당기고 화살을 먹이고 말을 달려 칼을 시험할 수 없을 것으로 보이는데 유업(儒業)을 공부하였나?"

사인이 사양하지 않고 대답하였다.

"제가 비록 시골에 살고 있지만 무업을 배우는 것을 수치스럽게 여기고, 유업은 잘하지 못하나 글줄은 대강 압니다. 그런데 열네 줄 가운데 두 획을 더하여 음을 변한 글자[50]에 대하여는 몹시 이해하기 어렵습니다. 대개 이것이 미심쩍어서 반복적으로 해보았지만 입이 뒤틀리고 혀가 뻣뻣해져서 지금까지도 분명하게 알지 못합니다."

"언문을 말하는 것이 아닌가? 그것은 반절[51]이지 진서가 아닐세."

....

50) 두 획을 더하여 음을 변한 글자: '고구·노누·도두…'를 '가운뎃줄 2자(中行二字)'라고 하며 여기에 'ㅏ'와 'ㅓ'를 더하여 만든 글자인 '과궈·놔눠·돠둬…'등의 글자를 말함.

51) 반절: '훈민정음'을 달리 이르는 말. 훈민정음이 초성·중성·종성을 합하여 한 글자를 이룬다는 사실에서 유래한다.

"시골사람은 반절을 아는 사람도 드문데 하물며 진서란 말입니까? 한문을 알면 어찌 집이 가난한 것을 걱정할 것이며, 또 어찌 한가하게 노닐지 못할 것을 걱정하겠습니까? 아무 동네에 갑 아무개가 있는데 천자를 배워서 서원이 되어 부자가 되었으며 온 동네에서 대우를 받습니다. 아무 마을에 을 아무개가 있는데 사략을 읽더니 교생[52]이 되어서 역을 면하게 되어 모든 고장 사람들이 그를 훌륭하다고 생각합니다. 또한 두세 사람이 명지[53]를 지고 과거시험장에 드나들며 선배의 학업을 하여 소지나 의송을 붓을 날리듯이 재빨리 써내 동네에서 존경을 받으며, 인보들이 안부를 묻고 물건을 선사하여, 닭 몇 마리나 물고기 몇 마리를 자신뿐만 아니라 친족까지 실컷 먹을 수 있습니다. 이는 진서의 이로운 점이나 사람마다 할 수 있는 것은 아닙니다.

김호주란 사람은 어느 정도 진서를 아는데 십여 년 동안 호주자리에 앉아 있으며 재산도 넉넉하게 되었습니다. 남자가 되어 진서를 알지 못하더라도 언문을 배워서 알면 또한 결복을 마

52) 교생: 조선 시대에, 향교에 다니던 생도. 원래 상민으로, 향교에서 오래 공부하면 유생의 대우를 받았으며, 우수한 자는 생원 초시와 생원 복시에 응할 자격을 얻었다. 공생(貢生).
53) 명지: 과거 시험에 답안을 쓰던 종이. 명지(名紙)·정초(正草)·시지(試紙).

련하기에 충분하지요. 고담책을 볼 수도 있으며 한 마을 안에서 떵떵거리고 행세하며 살 수가 있습니다."

"그대가 반절을 배운 것도 호주자리를 차지하려고 함인가?"

"그러합니다. 상사람이 호주자리를 차지하면 제 스스로 할 것이고, 양반이 호주자리를 차지하면 하인을 시켜서 하니, 호주 노릇하는 것이 무슨 거리낄 것이 있겠습니까?"

"그렇다면 자네를 호주라고 불러도 되겠는가?"

"어찌 안 될 것이 있겠습니까?"

"사람이 글을 못하면 사람이라고 할 수가 없지."

"내가 비록 글을 모르지만 사람이라고 합니다."

"자네는 사람이 사람으로 되는 까닭을 아는가? 사람 중에는 얼굴만 사람인 사람이 있고 마음이 사람인 사람이 있지. 다만 얼굴로는 사람이 될 수 있으면서 사람이 될 수 없는 것은 그 마음이 사람이 아니기 때문일세. 글이란 그 마음을 사람이 되게 하는 것이지. 자네는 글을 도무지 모르니 어찌 사람이 될 수 있겠는가?"

"얼굴을 가지고 말하면 행차의 얼굴은 사람이며, 저의 얼굴도 사람입니다. 마음을 가지고 말하면 행차가 진서를 알기에 행

차의 마음은 사람이고, 제가 언문을 알기에 저의 마음도 사람입니다. 그 누가 사람이 아니라고 하겠습니까?"

객이 웃으며 또 물었다.

"옛 사람 중에 부자(夫子)라는 사람이 있는가?"

"모릅니다."

"각 고을에는 모두 향교가 있지. 향교의 주인이어서 봄가을에 석전제를 드리는 사람이 누구인가?"

"공자지요."

"공자가 바로 부자일세."

"시골 사람들은 지식이 적어서 공자만 알 뿐이지 공자의 별호에 또 부자가 있는 것은 모르지요."

객이 껄껄 크게 웃고 또 물었다.

"자네 도척이 있었다는 것은 아는가?"

"들어봤습니다."

"공자와 도척 중에서 누가 현명한 사람인가?"

"행차는 나를 무시하시는군요. 내가 비록 부족하나 어찌 공자와 도척의 옳고 그름을 모르겠습니까?"

11

客曰 靑天白日奴隷亦知淸明 漆夜昏夕禽獸皆知暝黑 孔子盜跖
人則一也 而聖狂賢愚 天地不侔 固可竝謂之人乎 人而有文 孔子
徒也 人而無文 盜跖徒也

士人曰 信如行次所言 行次文士也 固是孔子之徒 吾亦能解諺
文 高免於盜跖之徒也

客笑曰 孰謂盜跖不知諺文乎

士人曰 諺文出於我國 盜跖安知

客大笑曰 君言然矣 古有中黃子[54]者 分人五等 吾以爲吾當上
五等 君當下五等 上五是眞人 神人道人至人聖人 次五是德人 賢
人善人智人辯人 中五有公人 忠人信人義人禮人 次五有士人 工
人虞人農人商人 下五卽衆人 奴人愚人肉人小人 上五之於下五
猶人之於牛馬也

士人 是行次自當人 而當余於角鬣者 吾唯一笑而已 假令孔子
往見盜跖時 盜跖爲此談於孔子 則 是跖亦自當上五之人 而當孔
子於下五之牛馬 豈與跖呶呶爭辨 亦必一笑而已

客笑曰 有是哉 君之辯也 乃以文字自言而曰 小痴大黠

54) 중황자: 전설상의 신선의 이름.

士人若不解文字 而謂客之誦風月 問曰 行次又讀風月耶 其意又云何

客笑而應曰 吟風詠月 遣興言志 風月之義 其體則有五言七言之別 請與我唱和風月可乎

士人荷荷笑曰 不知眞書者 亦爲風月乎

客曰 風月非一槪也 知書者爲眞書風月 不知書者爲肉談風月

士人曰 雖善肉談 集出五字七字 非吾事也

客曰 君盖有語癖⁵⁵⁾者 必善肉談風月 且試作之

11

"청천백일에는 노예라도 밝고 어둠을 알고, 캄캄한 밤에는 짐승도 어둠을 안다네. 공자와 도척은 사람이라는 점에서는 한 가지이지만, 성인과 미치광이·현명함과 어리석음에서 하늘과 땅처럼 차이가 나는데 진실로 같은 사람이라고 할 수가 있겠는가? 사람이 글을 알면 공자의 무리요, 사람이 글을 모르면 도척의 무리지."

"진실로 행차의 말한 바와 같다면 행차는 문사입니다. 진실로 공자의 무리입니다. 나도 언문을 알 수 있기 때문에 도척의 무리를 아주 면할 수가 있습니다."

객이 웃으며 말하였다.

"누가 도척이 언문을 모른다고 말하였나?"

"언문은 우리나라에서 나왔으니 도척이 어찌 알겠습니까?"

객이 크게 웃으며 말하였다.

"자네 말이 맞네. 옛날에 중황자라는 사람이 있었는데 사람을 5등으로 나누었다네. 나는 내가 마땅히 상5등에 해당한다고 생각하네. 자네는 마땅히 하5등에 해당할거야. 상5는 진인·신인·도인·지인·성인이며, 차5는 덕인·현인·선인·지인·

변인이며, 중5에는 공인·충인·신인·의인·예인이 있고, 차5
에는 사인·공인·우인·농인·상인이 있으며, 하5는 중인·
노인·우인·육인·소인이지. 상5를 하5에 비교하는 것은 사람
을 소나 말과 비교하는 것과 같다네."

"행차는 스스로를 사람에 해당하고 저를 짐승에 해당한다
고 하시는데 나는 오직 웃을 뿐입니다. 가령 공자가 가서 도척
을 보았을 때 도척이 공자에게 이 이야기를 했다면, 척 또한 스
스로를 상5의 사람에 해당하고 공자는 하5의 다섯째 등급인 소
와 말에 해당한다고 했을 것이니, 공자가 어찌 척과 떠들썩하게
입씨름을 했겠습니까? 또한 반드시 한 번 웃었을 뿐일 것입니
다."

객이 웃으며 말하였다.

"그렇겠네. 자네 말 잘하네 그려."

그리고는 문자로써 혼잣말을 하기를,

"조금 어리석지만 크게 약구면."

라고 하였다. 사인이 문자를 알지 못하여 객이 풍월을 읊는 것
인가 생각하는 것처럼 하고 물었다.

"행차는 또 풍월을 읽습니까? 그 뜻은 또 무엇이라고 합니
까?"

객이 웃으며 대답하여 말하였다.

"바람과 달을 읊어 흥취를 보이고 뜻을 말하는 것이 풍월의 뜻이지. 그 체는 오언과 칠언의 구별이 있네. 나와 풍월을 화답할 수 있겠는가?"

사인이 하하 웃으며 말하였다.

"진서를 모르는 사람도 풍월을 지을 수 있습니까?"

"풍월은 한 가지가 아니야. 글을 아는 자는 진서 풍월을 짓고, 글을 모르는 자는 육담으로 풍월을 짓지."

"비록 육담은 잘하지만 다섯 자, 일곱 자를 모아서 시를 짓는 것은 제가 할 수 없습니다."

"자네는 말솜씨가 있어서 틀림없이 육담 풍월을 잘 할 것이니 한번 시험 삼아 지어보게."

12

士人掉頭曰 謂猩猩之能言者 而俾作詩句 知蚩蚩⁵⁶⁾之善負者
而使荷石曰 其可得乎

客曰 非難也 效我體爲之 數三次 彈指乃兩句曰

　　我知⁵⁷⁾鄕之賭 怪底形軆條
　　不知諺文幸⁵⁸⁾ 冝其眞書法⁵⁹⁾

士人曰 何謂也

客逐字釋之曰 我謂吾 見謂看 鄕謂谷 之謂去 語助辭 賭之釋
落伊 怪底言怪形 軆言身 條卽枝 謂持也

士人曰 人身亦有枝乎

客曰 鈍哉 君才 冝乎不移⁶⁰⁾行中字 盖謂鄕谷人 持身怪狀也

士人陽怒曰 行次譏我乎

---

56) 공공: 북해 중에 있다는 말 비슷한 짐승의 이름.
57) 知는 '見'의 오자다.
58) 幸은 '辛'의 오자다.
59) 法은 '沼'의 오자다.
60) 여기에 '十四' 두 자가 있어야 한다.

客曰 鄉人豈獨君哉 吾自鄉來 見如此者多 故言 非指君也 如

君者 自是鄉中之秀才 異等不易得者也

士人收怒而若微喜者

12

사인이 머리를 흔들며 말하였다.

"성성이가 말을 할 수 있다고 해서 시구(詩句)를 짓게 하
고,61) 공공이 짐을 잘 진다는 것을 안다고 해서 돌절구를 지게
할 수 있겠어요?"

"어렵지 않지. 나의 체를 본받아서 지어보게."

하더니 몇 차례 손가락을 퉁기더니 두 구를 짓기를,

　　　내가 시골내기를 보니,
　　　몸가짐을 괴이하게 한다.
　　　언문을 쓸 줄 모르니,
　　　진서를 못하는 것이 당연하지.

라고 하자 사인이,

"무슨 뜻이지요?"

라고 하였다. 객이 한 글자씩 풀어 주었다.

"'我'는 '나'를 말하고, '見'은 '보는 것'을 말하며, '鄕'은 '시

---

61) 성성이가~: 성성이가 말을 할 수 있어도 금수에 지나지 않는다(猩猩
　　能言 不離禽獸). 『禮記, 曲禮 上』

골'을 말하고, '之'는 '가는 것'을 말하는데 어조사지. '賭'의 풀이
는 '내기'며, '怪底'는 '괴이한 몰골'을 말한 것이고, '體'는 '몸'을
말하고, '條'는 바로 '가지'이며, '가짐'을 뜻한다네."

"사람의 몸에도 가지가 있습니까?"

"둔할시고! 자네의 재주여. 그러니 14줄 중간의 글자[62]를
잘 모르는 것이 마땅하지. 대충 말하자면 '시골 사람이 몸가짐
을 괴상하게 한다.'는 뜻일세."

사인이 일부러 성을 내어 말하였다.

"행차는 나를 놀리십니까?"

"시골 사람이 어찌 자네뿐이던가? 내가 시골에서 오다가
그런 사람을 본 적이 많았기 때문에 말한 것이지 자네를 가리킨
것이 아닐세. 자네 같은 사람이야 스스로 고장의 수재며 특출하
기에 쉽게 얻을 수 있는 사람이 아니야."

사인이 성낸 것을 거두고 조금 기뻐하는 척하였다.

----

62) 14줄 중간의 글자: '과궈 · 놔눠 · 돠둬…'등의 글자.

13

客又曰 辛之釋近於寫 沼之釋近於不 謂諺文不能寫 眞書都不知也 遂屬士人和之 士人牢讓再三

客曰 我爲戶主作風月 而戶主不和 是簡我也 豈以我不能駈出戶主乎

士人曰 逐則便逐 何至恐嚇 鄕人縱不知書 如此之言 了無怖心

客笑曰 君可謂膽大者 吾眞戲之耳 雖然速和之

士人搔首曰 大事出矣 欲和則腹中無文 不和則身上有辱

客曰 何辱之有

曰 當夜遭逐 非辱而何

客曰 和則不見黜

士人熟視客曰 此豈行次世傳之家耶 吾人逆旅 孰我敢逐

客作色曰 先人者爲主 主不能斥賓乎 卽呼奴曰 黜此兩班

士人謝曰 村夫妄發 請和而贖罪 客奴二人 已立堂下 欲將吾63)下

客曰 鄕生 迷劣且止 因請士人曰 欲不遭斥則速和

----

63) '吾'는 '士人'의 오기이다.

士人爲惶怖困感狀 良久曰 僅集字

客曰 第言之

13

객이 또 말하였다.

"'辛'의 풀이는 '寫'(쓰다)에 가깝고, '沼'의 풀이는 '不'(못하다)과 가깝지. '언문을 쓸 줄도 모르고, 진서를 전혀 모른다.'는 뜻일세."

그리고는 마침내 사인에게 화답하라고 부탁하였다. 사인이 여러 번 굳게 사양하자 객이 말하였다.

"내가 호주[64]를 위하여 풍월을 지었는데도 호주가 화답하지 않으니 이는 나를 깔보는 걸세. 내가 호주를 쫓아 낼 수 없을 것 같은가?"

"쫓아내려면 얼른 쫓아낼 것이지 어째서 겁까지 줍니까? 시골사람이 비록 글은 모르더라도 그런 말씀은 전혀 마음에 두렵지가 않습니다."

객이 웃으면서 말하였다.

"자네는 간이 큰 사람이라고 하겠네. 내가 진실로 농담을 했을 뿐이네. 그렇지만 빨리 화답을 하게."

사인이 머리를 긁으며 말하였다.

----

64) 호주: 사인을 지칭하여 한 말.

"큰일 났네. 화답하려고 하니까 배 안에 글이 없고, 화답을 못하면 몸에 욕을 당하겠네."

"무슨 욕이 있겠는가?"

"밤에 쫓겨나게 되면 욕이 아니고 무엇이겠습니까?"

"화답을 하면 쫓겨나지 않을 것일세."

사인이 객을 한참 보다가 말하였다.

"이곳이 행차가 대물림을 받은 집입니까? 우리들의 여관인데 누가 감히 나를 쫓겠습니까?"

객이 노한 얼굴로 말하였다.

"먼저 들어온 사람이 주인인데, 주인이 손님을 쫓을 수 없겠는가?"

곧 노비를 불러 말하기를,

"이 양반을 쫓아내라."

라고 하자 사인이 사죄하며 말하였다.

"촌부의 망발이니 화를 풀고 허물을 용서해 주십시오."

객의 하인 둘이 이미 봉당아래에 서서 사인을 끌어내리려고 하였다.

객이 말하였다.

"시골의 부족한 서생이니 그만두어라."

그리고는 사인에게 청하였다.

"쫓겨나기 싫으면 어서 화답을 하게나."

사인이 두렵고 곤혹스러운 모양으로 한참을 있다가,

"겨우 글자를 모았습니다."

라고 하자 객이,

"한 번 말해 보게나."

라고 하였다.

14

士人曰 猝然效嚬不成語 乃呼兩句曰

　我見京之表 果然擧動戎

　大抵人物貸 不過衣冠夢

客曰 何謂也

士人如客 釋以道之[65] 至表字若不能釋者 但云上如主字 下如衣字

客曰 表字耶 豈上京見東人表冊耶

士人曰 不知眞書 安知表冊 鄕人蠶織紬端[66]鬻[67]之表[68] 人指織工之精者曰表紬[69] 吾以此知表字之釋 爲物也 始疑而終信之謂果然 威儀動作之擧動 凡良哈之謂戎 而亦有別義 僧之敎人千字 釋戎曰升 盖指京中士大夫擧動驕亢也 以物借人之謂貸 人之

----

65) 원문은 '釋之以道'로 표기되었다.
66) 紬端: 김동욱교수가 소개한 연세대 본에는 '紬疋'로 표기 되어 있다.
67) 원문의 '粥'은 '鬻'의 오기.
68) 원문의 '表'는 '亥市(하루 걸러서 열리는 시장)'의 오기.
69) 표주: 품질이 우수하여 '表次(겉감)'로 쓰이는 명주.

放氣亦謂之貸 夢之釋飾也

客蹶然起坐 把士人手 注目曰 尊何誑惑人至此 墮蚩尤[70]霧裡

入后羿[71]彀中 沒頂[72]上下不能自出 又自恨曰 果有客氣 凡於旅

次爲此擧數矣 未嘗一敗 今卒困此 豈所謂好勝者 必遇其敵者 然

尊之辱人太甚

士人曰 京之士夫豈獨曰尊哉 吾自京來見如此者多故云 非指尊

也 如尊者自是京中之厚德宏器不易得者也

----

70) 치우: 중국 신화 속의 인물. 황제(黃帝)에 대항하여 탁록(涿鹿)에서
    싸울 때에 안개를 일으켜 철제 무기로 싸웠으나 지남거(指南車)를 만
    들어 맞선 황제에게 패하여 잡혀 죽었다고 한다.
71) 后羿: 하나라의 제후로 궁술의 달인. 원문의 '戶'는 '后'의 오자.
72) 몰정: 멸정(滅頂). 이마까지 물에 빠진다는 뜻으로 매우 난처한 처지
    에 빠짐을 뜻한다. 『주역, 택풍대과(澤風大過)』괘의 상륙(上六)효 효
    사(爻辭)에 "상륙은 지나치게 건너다 이마를 멸함이니 흉하되 허물할
    데가 없느니라(上六 過涉滅頂 凶 无咎)."라고 하였으며, 이를 설명하
    되, "지나치게 건너는 것은 용감하게 건너는 것이다. 이마가 빠지면
    빠져서 나오지를 못하니 흉하되 탓할 곳이 없다(過涉 勇濟也 沒頂則
    溺而不出矣 凶 无咎)."고 하였다. 여기서는 객이 사인에게 지나치게
    오만방자하게 깔보고 대하여 허물을 되돌이킬 수가 없다는 말이다.

14

"갑자기 흉내를 내다보니 말이 되지 않습니다."
하고는 두 구를 부르기를,

　　내가 서울 것을 보니,
　　과연 거동이 되구려.
　　대저 인물 꾼이,
　　의관으로 꾸민 것에 지나지 않구나.

객이 말하였다.
"무슨 뜻인가?"
사인이 객처럼 그것을 풀이하여 말하는데 '表'자에 이르러
풀이할 수 없는 것처럼 하면서 말하였다.
"다만 위는 '主'자 같고, 아래는 '衣'자와 같습니다."
객이 말하였다.
"'表'자일세. 서울에 가서 동인표책73)을 못 보았는가?"
사인이 말하였다.

....
73) 동인표책: 우리나라 사람들의 표문(表文)을 모아 놓은 책.

"진서를 모르는데 어찌 표책을 알겠습니까? 시골사람은 누에고치실로 명주 필을 짜서 시장에 내다 파는데, 사람들은 짠 솜씨가 정밀한 것을 표주라고 합니다. 나는 이 때문에 '표'자를 풀면 '것(物)'이 되는 것으로 압니다. 처음에는 의심하다가 끝에 가서 믿으면서 '과연'이라 하고, 기거동작(起居動作)의 거동이 모두 잘 들어맞는 것을 '되(戎)'라고 하나 다른 뜻도 있지요. 중이 천자문을 가르칠 때면 '戎'을 풀이하여 '되(升)'라고 하는데 대게 서울 사대부들의 거동이 교만하고 건방진 것을 가리킵니다. 물건을 남에게 빌리는 것을 '꾼다(貸)'고 하고, '夢'의 풀이는 '꾸민다'는 것입니다."

객이 벌떡 일어나 앉아 사인의 손을 잡고 눈을 빤히 쳐다보며 말하였다.

"존장은 어째서 남을 이처럼 속이십니까? 치우의 안개 속에 떨어져서 후예의 과녁에 맞아 정수리가 빠져서 위아래로 스스로 나올 수가 없게 되었습니다."

그리고는 스스로 한탄하여 말했다.

"과연 객기가 있었지요. 무릇 여행 중에 이런 행동을 여러 번 했지만 한 번도 실패한 적이 없었더니 지금 갑자기 이렇게 곤궁에 빠지니 어찌 '이기기를 좋아하는 자는 반드시 그 적수를 만난다'고 이른 바가 아니겠습니까? 그러나 존장께서는 너무 심하게 사람을 욕보이십니다."

사인이 말했다.

"서울의 사부(士夫)가 어찌 존장뿐이겠습니까? 내가 서울에서 오면서 이런 사람을 많이 보았기에 하는 말이지 존장을 가리키는 것이 아닙니다. 존장과 같은 분은 서울사람 중에서 후덕하고 그릇이 커서 쉽게 뵐 수 있는 분이 아니지요."

15

客曰 吾言也 尊何反之之速耶

士人曰 狙傲速矢 雉驕取經 驕傲而不受困者 尊見之乎 每以行次稱客而猝然尊之

客笑曰 行次何去

士人曰 君何去而稱我以尊 吾非有土之君 亦非尊之家君 尊之君我 不亦題外[74]乎 戶主之稱老道令之號 吾所自致 且曰 所議婚事須爲老道令無負 負則眞子所謂 一口二言

客曰 無爲再提 弄擧爲老道令 指婚何怪之有

士人笑曰 吾必欲入丈於尊門中阿只氏

客拍手大笑曰 吾門中雖有阿只氏 倪座首牟別監之所不欲者 我爲之耶

因睨士人曰 譎計罔測 吾始於子 馬牛粮米之言 而少嫚之 中於子金丞呼字之談 而大輕之 終於子夫子別號之說 而全侮之 然無鄉音而故爲野態 掩書史[75]而謬若不文 是則子不免詐僞二字

74) 제외: 관아에서 백성의 소장(訴狀)・청원서 등에 써 준 제사(題辭). 관장이 주관으로 판단하여 쓰는 판결문의 성격을 가진다. 여기서는 당사자가 임의로 쓰는 말이나 글을 뜻한다.

75) 서사: 경서(經書)와 사서(史書). 전적(典籍).

士人曰 子不知兵書乎 鷙鳥之搏也 匿其爪 猛獸之攫也 縮其頸

故名將之制敵也 强而示之以劫 初拜子之時 已審子有嫚我之意思

傲我之氣習 將欲折去驕志 故不得不匿我爪而示弱 將欲挫去豪氣

故不得不縮我頸 而示之㥘 此在兵法 顧子之未察 而反指余以詐

僞可乎 昔者陽貨以術 故孔子亦以詭道待之 夷[76]之不誠 故孟子

亦以非病託之 是亦可謂[77]之道乎

<hr/>

76) 이지: 전국시대 사람. 묵자(墨子)의 학문을 추종하다가 서벽(徐辟)을
    통해 맹자를 보고 나서 묵자 학설의 잘못을 깨달았다고 한다. (『孟子,
    滕文公 上』)
77) 여기에 '詐僞' 두 자가 결락되었다.

15

객이 말하였다.

"내가 한 말에 존장은 어째서 되치기를 그리 빨리 하나요?"

사인이,

"원숭이는 제 재주를 뽐내다가 화살을 부르고, 꿩은 잘난 체 하다가 올가미에 걸리니[78], 교만하여 잘난 체 하다가 곤궁해지지 않는 자를 존장은 보았는지요?"

라고 하여 매번 행차라고 객을 부르다가 갑자기 존장이라고 하였다.

객이 웃으며 말하였다.

"행차는 어디로 갔나요?"

"자네는 어디로 가고 나를 존장이라 부릅니까? 나는 땅이 있는 군[79]이 아니며 존장의 가군도 아닙니다. 존장이 나를 '군'으로 부른 것도 마음대로 부른 것이 아니겠습니까? 호주라고

78) 꿩은~: 고소설 「장끼전」에서 장끼가 그 아내 까투리의 만류를 뿌리치고 콩을 먹으려다가 올가미에 걸린 이야기를 인용하였다.
79) 군: 여기서는 '君'을 '자네'라고 옮겼으나 본래 한자로는 '君主'의 뜻이다. '有土之君'이란 군주를 뜻한다.

부른 것이나 노도령이라 부른 것은 내가 스스로 부른[自招] 것입니다."

또 말하였다.

"의논하였던 혼사는 노도령을 위하여 꼭 약속을 저버리지 마시오. 저버린다면 정말 당신이 이른바 한 입으로 두 말 하는 것입니다."

"그 말씀은 다시 하지 마시오. 농담으로 노도령에게 혼사를 지시하여 준다고 한 것이 무슨 이상할 것이 있겠습니까?"

사인이 웃으며 말하였다.

"나는 반드시 존장 문중의 아기씨에게 장가를 들고 싶습니다."

객이 손뼉을 치고 크게 웃으며 말하였다.

"우리 문중에 비록 아기씨가 있더라도 예좌수와 모별감이 하려고 하지 않는 사람에게 내가 혼인을 하겠습니까?"

그리고는 사인을 흘겨보며 말하였다.

"속임수가 망측하군요. 내가 처음 당신이 '마소, 양식 쌀'이라고 한 말에 조금 업신여기게 되었고, 다음으로 '김승이 자를 부른다'는 이야기에 크게 얕잡아 보았으며, 끝으로 '공자의 별

호' 이야기에 전적으로 업신여기게 되었지요. 그러나 시골 사투리가 없으면서 일부러 촌티를 내고, 경서와 사서를 덮어 글을 모르는 것처럼 기만하였으니, 이는 진실로 그대는 이른바 '사위(속임과 거짓)' 두 자를 면치 못할 것입니다."

"그대는 병서를 모릅니까? 맹금(猛禽)은 먹이를 낚아 챌 때에 그 발톱을 감추고, 맹수는 먹이를 움킬 때에 그 목을 움츠리지요. 그러므로 명장이 적을 제압할 때에 강하면서도 겁을 내는 것처럼 보이는 것입니다. 처음 그대에게 인사할 때에 이미 그대가 나를 업신여기는 의사와 나에게 거만한 기질이 있음을 알고서 장차 교만한 뜻을 꺾어버리고자 하여 할 수 없이 내 손톱을 숨기고 약하게 보인 것이며, 호기를 꺾어버리고자 하여 할 수 없이 내 목을 움츠려서 겁먹은 것처럼 보인 것이라오. 이는 병법에 있는 것이거늘 다만 그대가 살피지 못하고서 도리어 나를 가리켜 거짓으로 속였다고 할 수 있겠소? 옛날에 양화가 술수를 썼기에 공자도 속임수로 대하였으며[80], 이지가 정성으로 대

---

80) 양화가~: 양화는 노(魯)나라 계환자(季桓子)의 가신(家臣)으로 노나라의 국정을 좌지우지 했던 '陽虎'다. 양화는 공자가 자신의 부름에 응하지 않자 공자가 외출한 틈을 타서 공자에게 선물을 보내어 자신에게 답방(答訪)을 하게 하려고 했으나 이를 간파한 공자가 양화가 외출

하지 않았기에 맹자도 병이 아니면서 병을 핑계 대었으니[81] 이

또한 거짓으로 속였다고 하겠습니까?"

한 틈을 타서 답례를 하고 돌아왔다. (『논어, 양화』)

81) 이지가~: 묵자의 추종자인 이지가 맹자를 방문하려고 하였으나 맹자
가 병을 핑계대고 만나주지 않았다. (『맹자, 등문공 상』)

16

客曰　吾不料子之辯至於此也　且貸是常辱　非兩班之言也

士人曰　彌處士罵座中人曰　車前馬糞糞放氣也　吾不曰糞而曰貸
亦覺淸矣

客曰　吾旣先下手　尙誰尤哉　因擧其衣示士人而自歎曰　可愧

士人[82]　客遊之餘　衣袍渝獘　乃擧而示客曰　如此者可愧乎　子之
輕煖　不亦好乎

客曰　然則子將恥仲由[83]之獘袍　而艶子華[84]之輕裘也　吾之見
賣　亦已太甚矣　子詭談且止如何　因先誦自己之句　次吟士人之句
曰　辭意勝我　又曰　子何不押韻　戎是平聲　夢是去聲

士人曰　子不曰效我體爲之乎　條是平聲　沼是去聲　子之風月誠
巧矣　然未盡善也　何不押以池枝　深索條沼乎

客曰　果然　吾於子當讓一頭地　乃自剪燭跋　改視士人之面　開口
好笑曰　思向來說話　節節見瞞　使人大慚　第我初遇子　只見衣冠之
汚獘　言語之鄕音　不悟其引以誑之　籠以罔之　遂全身陷溺　可使白

----

82) 원문의 '士人' 다음에 '曰'자가 있어야 한다.
83) 중유: 공자의 제자, 자를 자로(子路)라고 했다.
84) 자화: 공자의 제자, 공서적(公西赤).

日當之 豈至於此 始於子對二言之說 答盜跖之辭 頗疑之 而終不

飜悟也

士人笑曰 小痴大黠之時乎

16

객이 말했다.

"나는 당신의 달변이 이 정도인 줄은 몰랐습니다. 그런데 '꾸리(貸)'는 상스러운 욕이며 양반의 말이 아니지요."

"양반들은 좌중에 있는 사람들이 '수레 앞의 말이 비비[85]하고 방귀를 뀐다'고 하기만 하면 상스럽다고 나무랍니다. 나는 방귀라고 하지 않고 꾸리라고 했으니 또한 청신(淸新)하다고 생각합니다."

"내가 이미 먼저 당신의 수단에 떨어졌으니 오히려 누구를 탓하리오?"

그리고는 자신의 옷을 들어 사인에게 보이며 스스로 탄식하였다.

"부끄럽습니다."

사인이,

"나그네가 되어 다닌 나머지 옷이 바래고 헤졌군요."

---

85) 비비: 말 방귀소리의 의성어.

하고는 옷을 들어서 객에게 보이며 말하였다.

　"그런 것이 부끄럽소? 그대의 가벼운 옷차림이 또한 좋지 않습니까?

　그렇다면 당신은 중유의 헤진 핫옷[86]을 부끄럽게 여기고 자화의 가벼운 가죽옷[87]을 부러워합니까? 내가 속은 것이 또한 이미 너무 심하니 당신의 궤변을 그만하는 것이 어떻겠습니까?"

　그리고는 먼저 자기가 지은 시구를 읊고 다음으로 사인의 시구를 읊고는,

　"말뜻이 나보다 낫습니다."

라고 하더니, 또 말하였다.

....

86) 핫옷: 솜을 둔 겨울옷. 두루마기. 공자는 그 제자인 자로의 됨됨이를 "…헤진 핫옷을 입고 여우나 담비 가죽으로 만든 갖옷을 걸친 사람과 함께 있으면서도 부끄러워하지 않는 사람"이라고 했다. (『사기, 중니 제자열전(仲尼弟子列傳)』)

87) 자화의 가벼운 가죽옷: 자화가 제나라에 사신으로 가자 공자의 집안 살림을 맡은 염유(冉由)가 공자에게 그의 어머니가 먹을 양식을 청하자 1부(釜)만 주라고 했으나 염유는 5승(乘)을 주었다. 이에 공자가 말했다. "자화는 제나라에 갈 때 살찐 말을 타고 가벼운 가죽옷을 입고 떠나 부유한 모습이었다. 나는 '군자는 가난한 사람을 구제하되 부유한 사람에게는 보태주지 않는다'고 들었다." (『사기, 중니제자열전』)

"당신은 어째서 압운을 하지 않았나요? '戎'은 평성이고 '夢'은 거성인데요?"

"그대가 '나의 체를 본받으라.'고 하지 않았나요? '條'는 평성이고 '沼'는 거성인데요? 그대의 시는 정말 공교롭군요. 그러나 썩 잘된 것은 아닙니다. 어째서 '枝·池'로 하지 않고 심사숙고 하여 고른 것이 '條·沼'이였나요?"88)

"과연 그렇군요. 나는 당신에게 마땅히 한 걸음 양보해야겠습니다."

그리고는 스스로 촛불의 심지를 자르고서 사인의 얼굴을 고쳐보더니 입을 벌리고 가소롭다는 듯이 웃으며 말하였다.

"지금까지의 말을 생각하니 구구절절 속았으니 사람을 크게 부끄럽게 하네요. 아무튼 내가 처음 당신을 만났을 때에는 다만 의관이 더럽고 헤졌으며 말씨가 촌스러운 것만 보았지 유인하여 속고 농락하여 마침내 온몸이 빠지는 것을 깨닫지 못했습니다. 가령 대낮에 당했더라면 어찌 이 지경에 이르렀겠습니까? 처음 당신이 일구이언이라고 대꾸할 때와 도척의 말로

88) 枝·池: 두 글자 다 支韻으로 평성이다. 그리고 한글 훈은 '가지·못'으로 '條·沼'의 훈과 같다.

대답할 때에 상당히 의심스러웠으면서도 끝내 얼른 깨닫지 못했습니다."

사인이 웃으며 말했다.

"'조금 어리석으나 크게 약다.'고 했을 때 말인가요?"

17

客曰 到今思之 吾誠爲狐所媚 爲蠱所傷 不但耳目之昏迷不覺
心性之罔昧 如借眼鵂鶹 猩猩題詩 孔子往見盜跖之辭 無非文者
語 而汎然聽過 不可少疑焉

士人笑曰 子今追悟鶹鵂之喩 乃爲鬼蠱[89]之證 正所謂頰受排
於鍾樓 眼始眠於沙坪[90]者也

客大笑曰 能近比也 因曰 今旣相親 盡語姓名 爲後日之記乎

士人曰 子先之

客欲言而遽止曰 逆旅邂逅 何用通姓名乎 士人强之

客曰 家在長興坊洞不遠 終不言其姓名 盖客自負豪氣 奄受欺
罔 恥於傳播 反欲秘其迹也

客又曰 子飮酒乎

曰 飮無幾何

客曰 吾失問也 子往海倉 飮三盃酒云 又曰 詭詐如此 非吾之
痴 雖使智者當之 不見欺難矣

---

89) 귀역: 귀신과 물여우. 남몰래 사람을 해치는 요괴이다. 전의되어, 교활
하고 음험하여 뒤에서 사람을 해코지하는 소인에 비유한다.
90) 사평: '沙平'이 맞다. 옛날 경기도 광주에 속한 원(院)이 있던 곳이며
한강의 남안(南岸)이다.

士人曰 智者初不爲如子擧措

客呼其僕曰 進酒 酒瓶鎰榼皆侈美 伴以鸚鵡杯 一獻一酬 唅鰒

而臥

17

"지금 와서 생각하니 내가 진실로 여우에게 홀렸으며 물여우에게 물렸지요. 귀와 눈이 혼미하여 깨닫지 못했을 뿐 아니라 심성이 어두워졌습니다. '수리부엉이의 눈을 빌린다.'든지 '성성이가 시를 쓴다.'고 했을 때와 '공자가 도척을 만나보았을 때의 말'이 문자가 아닌 것이 없었는데도 대수롭지 않게 지나치고 조금도 의심을 하지 않았지요."

사인이 웃으며 말하였다.

"그대가 지금 수리부엉이를 빗댄 말을 소인배의 증거로 삼으니, 정말로 이른바 '종루에서 뺨 맞고 사평에서 눈 흘기는 사람'이오."

객이 크게 웃으며,

"비유가 그럴듯합니다."

라고 하더니,

"이제 이미 서로 친해졌으니 성명을 모두 말하여 뒷날 기억을 하도록 하지요?"

라고 하였다.

"그대가 먼저 말하시오."

객이 말을 하려다가 갑자기 멈추고 말하였다.

"여관에서 만나 무엇 하러 통성명을 하리오?"

사인이 굳이 하라고 하자 객이,

"집이 장흥방동에서 멀지 않습니다."

하고는 끝내 그 성명을 말하지 않았다. 대개 객이 호기(豪氣)를
자부하다가 갑자기 속고는 소문이 전파될 것이 부끄러워 도리
어 그 자취를 숨기고자 한 것이었다.

객이 또 말하였다.

"당신 술을 마십니까?"

"얼마 마시지 못합니다."

"내가 잘못 물었군요. 당신은 해창에 갔을 때에 세 잔의 술
을 마셨다고 했습니다."

하더니 또 말하였다.

"속이는 것이 이와 같으니 나같은 바보가 아니라 비록 지혜
로운 자가 당하더라도 속지 않기가 어려울 것이요."

"지혜로운 자는 처음에 당신처럼 행동을 하지 않지요."

객이 그의 하인을 불러서,

"술을 내오너라."

라고 하였다. 술병과 놋그릇 찬합이 모두 사치스럽고 아름다웠

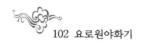

다. 앵무잔에 따라서 한 번 권하고 한 번 반배(返盃)를 하고는 전복 안주를 먹고 드러누웠다.

18

客曰 今則可和眞書風月 乃口占一絶 自書曰

　　蜀州不識韓爲魏 魏使安知范是張

　　自古名賢多見賣 莫咍今日受君罔

士人曰 雙韻也 乃次其韻曰

　　由來餓隷全齊王 畢竟傭耕大楚張

　　休將玉笋輕林莽 未有驕人不見罔

因請爲聯句唱曰

　　逆旅相逢逆旅別 故人心事故人知

客續成曰

　　他時倘憶今宵否 明月分明照在玆

18

객이 말하였다.

"이제는 진서 풍월을 지을 수가 있겠군요."

그리고는 절구 한 수를 지어 스스로 썼다.

촉주에서는 한씨가 위씨임을 알지 못하였으니,[91]
위나라 사신이 어찌 범가가 장가임을 알리오?[92]
자고로 명현도 많이 속았으니,
오늘 그대에게 속은 것을 비웃지 마소.

사인이 말하였다.

"쌍운[93]이군요."

그리고는 그것을 차운하여 지었다.

....

91) 촉주에서는~: 한(漢)의 한신과 그 일족이 유방에게 몰살될 때 소하
(蕭何)가 한신의 어린 아들 하나를 위(韋)씨로 변성(變姓)하여 촉주
(蜀州)로 피신시켜 후손을 잇게 했다고 한다. 『韓韋氏族譜』

92) 위나라 사신~: 범수(范睢)는 본래 위(魏)나라 사람으로 위의 중대부
수가(須賈)를 섬겼으나 무고를 받고 진나라로 망명하여 장록(張祿)으
로 변성명하여 진의 재상이 되었다. 진나라에 사신으로 온 수가는 장
록이 옛날 자신의 부하였던 범수임을 알아보지 못하였다.

93) 雙韻: 미상.

굶주리던 사람이 제나라의 임금이 되고,94)
밭 갈던 사람이 마침내 대초의 장수가 되었나니,95)
옥순을 잡초라고 가벼이 여기지 마오,
교만하여 망하지 않은 사람이 없었다네.

그리고 연구(聯句)를 짓자 하고는 불렀다.

여관에서 서로 만나 여관에서 헤어지니,
친구의 마음은 친구가 알리라.

객이 이어서 지었다.

뒷날 혹시 오늘 밤을 기억하지 못하더라도,
밝은 달은 분명 여기서 비추리라.

....

94) 굶주리던 사람~: 한신(韓信)은 가난하여 빨래하는 여자에게 밥을 얻
   어먹으며 곤궁하게 지내다가 한(漢)나라의 대장군이 되어 큰 공을 세
   워서 제왕(齊王)에 봉해졌다.
95) 밭 갈던~: 진나라 말에 오광(吳廣)과 농민 반란을 이끌었던 진승(陳
   勝)은 머슴살이를 하다가 봉기하여 국호를 장초(張楚)라 하고 왕을
   칭하였다.

19

客請爲四韻 先成日

宿鳥初飛古院邊　偶然傾盖96)卽佳緣
南州遺逸珍藏璞　東洛97)疎庸管窺天
穿柳黃鸎春暮後　盈樽綠蟻月明前
篇章留作他時面　不必相逢姓字傳

士人和之日

淸風明月興無邊　此地相逢信有緣
憂樂君能都付酒　窮通吾自一聽天
黃金然諾論交後　靑竹功名未老前
直遣兒童司馬誦　何嫌今日姓名傳

----

96) 경개: 길에서 만나 수레의 덮개를 가까이 대고 이야기를 나눔. 처음
    만나 친하게 사귐을 이른다. 공자가 길에서 정본자를 처음 만나 수레
    덮개를 기울이고 종일 말을 나누었다는 고사에서 유래한다(傳日 孔子
    遭齊程本子於剡之間 傾盖而語終日).
97) 동락: 낙양(洛陽)의 별칭. 여기서는 서울.

士人請爲六言曰

　　秦京綠樹[98]君住　湖海[99]青山我家

　　大醉狂歌浩蕩　茫茫俗物誰何

客步曰

　　良辰皓月千里　美景桃花万家

　　樽酒論文[100]未已　明朝別意如何

----

98) 진경녹수: 당나라 宋之問의 시 「早發韶州」에 "綠樹秦京道 靑雲洛水
　　橋"란 구절이 있다. 시에서의 '진경'은 진나라의 수도 함양(咸陽)이지
　　만 여기서는 서울을 가리킨다.
99) 호해: 작중의 사인이 사는 충청도 홍주를 지칭한다.
100) 원문에는 '論文' 두 자가 결락되었다.

19

객이 4운으로 짓자 하고 먼저 이루었다.

자던 새 처음으로 옛 원 가에 날다가,
우연히 처음 만나 친해지니 곧 아름다운 인연이라.
남주의 숨은 선비 보물을 옥박[101]에 숨겼으나,
서울의 못난 객은 대롱으로 하늘을 보았구나.
봄이 저문 뒤 버들 사이로 꾀꼬리 우짖는데,
밝은 달 아래서 술통 가득 채워 마주하였네.
시문이나 지어 훗날 면목으로 삼으리니,
서로 만나 성명을 전할 필요는 없으리라.

사인이 그것에 화답하여 지었다.

청풍명월에 흥이 끝이 없구려.
이곳에서 서로 만났으니 진실로 인연이 있도다.
그대는 근심과 즐거움을 모두 술에 붙이니,
궁하고 통함을 우리는 스스로 모두 하늘에 맡길 뿐이라.

------

101) 옥박: 아직 다듬지 않은 옥돌. 옥의 원석.

황금 같은 귀한 사귐을 허락한 뒤에,

역사에 남을 공명, 늙기 전에 이루리라.

어린 아이도 사마를 알거늘102),

오늘 성명을 전한들 무슨 혐의가 되리오?

사인이 6언으로 짓기를 청하고 지었다.

서울의 푸른 나무 길은 그대가 사는 곳이요,

호서 홍주의 푸른 산은 우리 집이 있는 곳이라.

크게 취하여 미친 노래를 거리낌 없이 하니,

주책없는 속물 그 누구인가?

객이 그 운자로 화답하였다.

좋은 시절 흰 달은 천리를 비추고,

아름다운 경치에 복사꽃은 집집마다 피었구나.

술병의 술로써 글을 논하여 마지않으니,

내일 아침 이별하는 뜻이 어떠한가?

102) 어린 아이도~: 소동파의 시 「司馬君實獨樂園」에 "아동도 군실(司馬光의 자)의 글을 외고, 주졸도 사마를 안다(兒童誦君實 走卒知司馬)."라고 하였다.

20

士人請爲三五七言曰

手停巵 口詠詩

花送風前雪 柳迎雨後絲

要路院逢要路客 洛陽人去洛陽時

客步曰

盡君巵 聽我詩

今日顏如玉 明朝鬂若絲

倏忽光陰眞過客 冶遊[103]須及少年時

---

103) 야유: 남녀가 함께 교외에 나가 즐기는 놀이.

20

사인이 삼오칠언을 청하여 지었다.

　손에 잔을 멈추고,
　입으로 시를 읊노라.
　꽃은 바람 앞의 눈을 보내고,
　버들은 비온 뒤에 실실이 푸르구나.
　요로원에서 요로의 손을 만나니,
　서울 사람은 서울로 갈 때로구나.

객이 그 운자로 화답하였다.

　당신의 술잔을 다 비우고,
　내 시를 들으시오.
　오늘 얼굴은 옥과 같으나,
　내일 아침 살쩍은 실 같으리.
　빠르게 지나가는 시간이 진실로 과객과 같으니,
　놀기를 모름지기 소년 때에 하라.

21

士人曰104) 佳哉 子必洛陽才子105) 少年詩客 何詞之華 才之捷耶 吾以文賦106)應擧 詞章107)初非本色 雖爲人所强 時作和語 辭拙意乾 堪覆醬瓿 誠所謂此贈惻輕爲108)者也

客曰 子無過謙 當世以文鳴者京少于敵 況鄕谷乎 吾則自少學詩 而才思109)鈍薄 語不驚人 第少澁滯之病 自是到處 不嫌露拙 輒有吟詠者也 乃笑曰 工不工 能不能中 欲以敏捷勝我 則雖七步之子建 八文手之溫庭筠 莫有以過 紛紛餘子 無足竪降幡矣 子乃欲以三五七 壓倒元白110)耶

士人曰 子眞所謂 文如翻手成 初不用意爲111)者也 眞書風月實非吾敵

....

104) 원문에는 '曰'자가 결락되었다.
105) 원문에는 '子'자가 결락되었다.
106) 문부: 문장과 시부. 여기서는 문장을 두고 한 말.
107) 사장: 시가와 문장을 아울러 이르는 말. 여기서는 시가를 두고 한 말.
108) '此贈惻輕爲': "이 드리는 시[贈詩]를 경솔하게 지었을까 두렵구나." 이 시구는 두보의 「送王侍御往東川, 放生池祖席」의 둘째 구.
109) 재사: 재주와 창작력.
110) 元白: 당의 시인 백거이(白居易)와 원진(元稹).
111) 文如翻手成 初不用意爲: 한유의 시 「寄崔二十六之」에 나오는 구절.

客自想吾¹¹²⁾欲以各體 抨渠¹¹³⁾之才 而卒不勝 吾可以奇巧困彼

請以藥名聯句

---

112) 吾: 원문에는 '彼'로 기사되었다.
113) 渠: 원문에는 '吾'로 기사되었다.

21

사인이 말하였다.

"아름답구려! 그대는 낙양의 재주 있는 소년시객이로다. 어쩌면 말이 그렇게 빛나며 재주가 민첩하시오. 나는 문부(文賦)로 과거에 응시하여 사장(詞章)은 처음부터 본색이 아닙니다. 비록 남들에게 억지로 끌려서 때로 화답하는 글을 짓지만 말이 졸렬하고 뜻이 매말라서 장독의 덮개나 할 정도지요. 진실로 이른바 '이 드리는 시를 경솔하게 지었을까 두려운' 격입니다."

객이 말했다.

"당신은 지나치게 겸손해 하지 마시오. 지금 이 세상에 글로써 명성이 드러난 자가 서울에도 당신의 적수가 적은데 하물며 시골이겠습니까? 저는 어려서부터 시를 배웠으나 재사가 우둔해서 시어(詩語)가 다른 사람을 놀라게 하지 못합니다. 다만 굼뜬 병폐가 적어서[114] 이 때문에 이르는 곳마다 졸렬함을 드러내는 것을 꺼리지 않고 번번이 시부를 읊었습니다."

그리고는 웃으며 말하였다.

"공교로움과 공교롭지 못하거나, 잘하고 잘하지 못하거나

114) 굼뜬 병폐가 적어서: 주저하지 않고 행동으로 옮긴다는 뜻.

간에 민첩함으로써 나를 이기고자 한다면 비록 일곱 걸음 만에
글을 지은 자건115)과 여덟 번 팔짱을 끼는 동안 시를 짓는 수단
의 온정균116)도 나보다 나을 것이 없을 것이니, 나머지 다른 여
러 사람에게는 항복의 깃발을 세우지 않을 것입니다. 당신은 삼
오칠언으로써 원진과 백거이를 누르고자 하십니까?”

사인이 말했다.

“그대는 진실로 이른바 손바닥 뒤집듯이 쉽게 글을 짓지만
애당초 생각을 가다듬어서 짓는 사람이 아니어서 진서풍월은
실로 내 적수가 아닙니다.”

객은 스스로,

‘내가 여러 시체(詩體)로 저의 재주의 결점을 들추어내고자
하였으나 마침내 이기지 못했으니 내가 기교로써 저를 곤란하
게 할 수 있으리라.’

라고 생각하고 약 이름으로 연구(聯句)를 짓자고 청하였다.

---

115) 일곱 걸음~: 칠보시(七步詩)를 지은 조식(曹植).
116) 여덟 번~: 만당(晩唐)의 시인 온정균은 문사(文思)가 민첩하여 여덟
　　번 팔짱을 끼는 동안(또는 여덟 번 손을 비벼)에 8운이 금방 되었기
　　때문에 온팔차(溫八叉)·온팔음(溫八吟)으로 불렸다.

22

士人曰　諾

客曰

　　前胡117)昏謬受君誣

士人曰

　　遠志118)殊非賤丈夫

客曰

　　大困從119)來受益智120)

117) 전호: 우리말 이름이 '사양채' 또는 '바디나물'이라는 약초. 미나리과
　　의 다년초로 그 뿌리는 두통·해소·담 등을 치료하는데 쓰인다.
118) 원지: '아기풀'이라는 약초. 그 뿌리는 거담·강장·강정제로 쓰인다.
119) 원문의 '從'은 '終'이 더 적합하다.
120) 익지: 용안육(龍眼肉)의 다른 이름. 자양제(滋養劑)로 사용된다.

士人曰

　　且當歸121)去讀陰符122)

121) 당귀: 승검초. 그 뿌리는 보혈 · 강장 · 진정의 약재로 쓰인다.

122) 음부: 음부편(陰符篇). 도교의 경전.

22

사인이 그러자고 하였다.

객이 읊었다.

　전에 어찌 어두워서 그대에게 속임을 당했나?

사인이 읊었다.

　원대한 뜻은 전혀 천한 장부가 아닐세.

객이 읊었다.

　크게 곤란을 겪으면 마침내 지혜를 더하리니,

사인이 읊었다.

　또한 마땅히 돌아가 음부편을 읽으리라.

23

士人曰 是亦尋常 請更爲聯 首用木尾用土 首用水尾用火 上下
間一金字 爲五行詩
　客曰 子先唱 吾不閣筆

士人曰

　　萍蹤何處至

客曰

　　華月照盧堂

士人曰

　　流影金樽照

客曰

　　瀅然飲白光

23

사인이 말하였다.

"이것도 별것 아니네. 다시 연구를 짓되, 머리에는 '木'123)을 쓰고 꼬리에는 '土'를 쓰며, 머리에는 '水'를 쓰고 꼬리에는 '火'를 쓰고, 위아래 사이에 '金'자 하나를 써서 오행시를 지어봅시다."

"그대가 먼저 부르시오. 저는 붓을 놓지 않겠습니다."

사인이 읊었다.

부평초 같은 자취 어디에서 왔는가?

객이 읊었다.

밝은 달이 빈 집을 비추네.

사인이 읊었다.

---

123) 木: '艹'의 오기인 듯하다.

달그림자가 금 술잔에 비추어,

객이 읊었다.

맑은 흰 빛을 마시네.

24

士人曰 末句甚難 而語意渾全 子固未易才也

客請用國名相次

因非眞實儘荒唐 心不提撕易陸梁

欲致聖功要孟晋 推吾道德在參商[124]

士人曰

不必爲詩動效唐 言淸意遠最强梁

雲邊桂影流照漢 風外篁音轉索商

客曰 觀此絶 屈玆膝

士人曰 子之首句 含譏我意 吾之末句何如

客曰 右寫淸言 左模遠志 古人云

124) 삼상: 삼성(參星)과 상성(商星). 삼성은 서쪽, 상성은 동쪽에 있으면
    서 한쪽 별이 뜨면 다른 별이 사라져 영원히 서로 보지 못한다고
    한다.

吟時使我寒侵骨　得處疑君白盡頭125)

良有是也

24

사인이 말하였다.

"말구(末句)가 몹시 어려웠지만 시어의 뜻이 조화되어 온전하니 그대는 진실로 드문 인재요."

객이 나라 이름으로 차운할 것을 청하였다.

진실한 것이 아니기에 모두 황당하며,
마음을 떨쳐 일으키지 않으면 멋대로 날뛰기가 쉽네.
성스러운 공을 이루려면 힘써 나아가야 되는데,
나의 도덕을 미루는 것은 아득하기만 하네.

사인이 읊었다.

시를 지음에 걸핏하면 당시를 본받을 필요가 없으며,
말이 맑고 뜻이 깊으면 가장 힘차다네.
구름 가 계수 그림자는 흘러가 은하수를 비치고,
바람 밖의 피리소리가 쓸쓸해지네.

객이 말하였다.

"이 절구를 보니 무릎이 꿇어집니다."

"그대의 처음 시구는 나를 나무라는 뜻이 있는데 나의 끝구
는 어떤가요?"

"오른쪽에는 고상한 말을 쓰고 왼쪽에는 깊은 뜻을 본받았
으니 옛사람이,

　　읊을 때는 나에게 찬 기운이 뼈에 스며들게 하고,
　　잘 지은 부분에 이르러서는 그대의 머리 다 희어졌을 것
　이리.

라고 하더니 진실로 그러합니다."

25

士人曰 請擧列宿名相酬 因曰

    文江[126]尙可負千翼 筆力猶堪抗兩牛[127]

    詩眼卽今誰最尤 我爲師曠[128]君離婁[129]

客曰 不敢當也 酬曰

    碧桃紅杏間楊柳 皓月明河轉斗牛

    有驥卽騎寧附尾 豐功盛德定跛婁

士人曰 非所擬也 請取卦名 同一韻字相步曰

    妙藝奇才出等夷 定無詩輩敢肩隨

    淸襟霽月光風迻 爽韻緇塵濁俗離

....

126) 문강: 문장의 내용이 강처럼 길고 넓음.
127) 항양우: 싸우는 소 두 마리를 중간에서 떼어 막다.
128) 사광: 춘추시대 진(晉)의 악사. 음률을 잘 판별하였다.
129) 이루:『맹자, 이루 상』에 나오는 인물. 시력이 매우 뛰어났다는 전설
    상의 인물.

文到蘇黃[130]堪許友　詩慚甫白[131]不丁師

何曾漢水流西北　未覩秦是顐頤[132]

客步曰

何煩鏟彩[133]慕希夷[134]　亦勿韜光故詭隨

長在湖山[135]山趣逸　雖居人世世氣離

書中講習推賢友　卷裏追攀仰聖師

畝蕙畹蘭將自刈　明窓淨几且搘頤

130) 소황: 송의 시인 소식(蘇軾)과 황정견(黃庭堅)을 아울러 이르는 말.
131) 보백: 당의 시인 두보와 이백.
132) 원문에 두 자가 결락되어 있으며 연세대 본에는 '覩' 다음에 '秦'자가
　　 더 있다. '未覩秦亡殺顐頤'로 유추해 본다. '顐頤'는 진섭에게 살해
　　 된 진섭의 모사. (天下匈匈 海內乏主 掎鹿爭捷 瞻烏爰處 陳勝首
　　 事 厥號張楚 鬼怪是憑 鴻鵠自許 葛嬰東下 周文西拒 始親朱房 又
　　 任胡武 顐頤見殺 腹心不與 莊賈何人 反噬城父).『사기색은(史記
　　 索隱), 진섭계가(陳涉系家)』
133) 산채: 고운 빛깔을 지우다. 재능을 숨기다.
134) 희이: 보아도 안 보이는 것을 '夷'라 하고, 들어도 안 들리는 것을
　　 '希'라고 한다. (노자『道德經』)
135) 호산: 사인의 고향인 충청도 홍주.

25

사인이,

"별자리들의 이름[宿名]을 들어 시로 화답해봅시다."

하고는 읊었다.

문강은 오히려 천 날개를 자부했으며,
필력은 마치 두 마리의 소를 막는 것 같았네.
시를 보는 눈은 지금 누가 가장 높은가?
내가 사광이면 그대는 이루일세.

객이,

"감당할 수가 없군요."

하고는 응수하였다.

푸른 복숭아 붉은 살구나무 사이의 버들,
하얀 달 밝은 은하수 북두와 견우를 돌고.
천리마가 있어 곧바로 타되 차라리 꼬리에 붙으면136),

....
136) 천리마의 꼬리에 붙으면: 준마의 꼬리에 붙어 천리를 갈 수 있듯이,
고명한 선배의 덕택으로 명성을 얻게 됨을 비유한 말.

많은 공과 큰 덕으로 부족함을 바로잡으리.

사인이,

"견줄 수가 없군요. 괘명을 취하여 같은 운자로 서로 화답

하여 봅시다."

하고는 읊었다.

     묘한 기예와 기이한 재주가 무리에 뛰어나서,

     시를 씀에 감히 어깨를 겨룰 만한 사람이 없네.

     맑은 흉금은 갠 달의 풍광을 맞이하고,

     시원한 시운은 검고 흐린 속세를 벗어났네.

     문장은 소황에 이르면 친구로 삼을 만하나,

     시는 이두에 부끄러우니 스승을 만나지 못해서라네.

     언제 한수가 서북으로 흐른 적이 있던가?

     진나라가 망하는 것을 보기 전에 과이를 죽이다니.

객이 같은 운으로 화답하였다.

     어찌 번거롭게 광채를 감추고 희이를 사모하랴.

     또한 빛을 숨기지 않고 함부로 남을 따르겠는가?

오래 호산에 삶에 고장 취향이 빼어나,
속세에 살아도 속기가 없구려.
책 속에서 익혀 어진 벗을 추천하고,
책 속을 좇아 성인을 추앙하네.
밭에서 혜초와 난초를 스스로 베고,
밝은 창 깨끗한 책상에 턱을 괴어 앉는구려.

26

士人曰 請從干支中 韻字同者 左右用之曰

野老祝多子 朝英撫五辰[137)

有誰排異已 無處不同寅

注意推明[138)乙 輪誠接白申

三邊淸宴未 城內免愁辛

客曰 勁敵出奇驕 將生惻 乃曰

達觀窮二酉[139) 高識洞三辰[140)

受嫚顔如甲 懲尤念自寅

夜吟恒過丙[141) 朝讀每侵申[142)

---

137) 오신: 사시(四時). 오성(五星)이 사시를 나누어 주관한다고 여긴 까닭에 이르는 말.

138) 추명: 분명하게 드러냄. 천명함.

139) 이유: 대유산(大酉山)과 소유산(小酉山). 호남성(湖南省) 원릉현(沅陵縣) 북서쪽에 있다. 소유산의 동굴속에는 장서 1천 권이 있다고 한다. 전의되어 많은 장서를 이르기도 한다.

140) 삼신: 해·달·별.

141) 병: 병야(丙夜). 밤을 갑·을·병·정·무의 오각(五刻)으로 나누었을 때의 세 번째 시. 곧 자시(子時).

不必長呼癸　何妨且喫辛

士人曰　非生㤼也　乃賈勇[143]也

客曰　請創別例　吾爲子呼韻　子押之　子爲我呼韻　我押之　爲十
韻可乎

士人曰　何必十韻　二十韻亦可也

客曰　呼何韻

曰　在子口

客呼　江

142) 침신: 침신(侵晨). 침조(侵早). 이른 아침.
143) 고용: 용기를 사다. 또는 용기를 한껏 발휘하게 함. 춘추시대 제나라
　　의 고고(高固)가 진(晉)의 진영에 대하여 자신의 용맹을 과시하면서
　　용감해지고 싶다면 자신의 남은 용기를 사라고 말한 고사에서 유래
　　하였다.

26

사인이,

"간지 중 운자가 같은 것을 좌우로 써 봅시다."

하고는 읊었다.

시골 늙은이는 아들 많기를 빌고,

조정의 관리는 사시를 어루만지네.

누가 나를 다르다고 배척하랴?

협동하지 않는 곳이 없노라.

마음을 써서 분명히 드러내어,

정성을 다하여 거듭 아뢰소.

세 변방의 조촐한 잔치가 끝나지 않았으니.

성안에 괴로운 근심을 잊었노라.

객이,

"강적이 기발한 시를 지으니 겁이 나는군요."

하고는 읊었다.

많은 장서를 다 통달하여,

삼신을 모두 꿰어 아는구나.

무시당해도 얼굴색이 변하지 않고,

혼이 나면 더욱 스스로 삼가네.

밤에 읊는 일 늘 밤중을 지나고,

아침에는 매번 이른 아침까지 독서를 하네.

반드시 오래 전쟁할 필요가 없을 것이니,

어렵게 지낸들 무슨 상관이 있겠는가?

사인이 말하였다.

"겁이 난 것이 아니라 용기를 뽐내라는 것이군요."

객이 말하였다.

"특별한 예를 만들어 봅시다. 내가 당신에게 운을 부르면 당신이 압운을 하고, 당신이 나에게 운을 부르면 압운을 하여 10운을 할 수가 있을까요?"

사인이 말하였다.

"어찌 반드시 10운이리오? 20운도 할 수가 있습니다."

객이,

"어떤 운을 부를까요?"

라고 하자,

　　"그대의 입에 달렸지요."

라고 하자 객이 '江'을 불렀다.

27

士人笑曰 子欲以窄韻[144] 汗我背乎 遂押曰

氣壓穿雲岾 神淸濯錦江

士人呼咸

客曰 江之對也 乃押曰

世皆嗜鄭衛 人不貴韶[145]咸[146]

144) 착운(窄韻): 글자가 적은 운. 험운(險韻). 관운(寬韻)의 대.

145) 소: 순(舜)임금의 음악.

146) 함: 함지(咸池). 일설에는 황제(黃帝)의 음악이었는데 요임금이 이를
    수정하여 사용한 것이라고 한다.

27

사인이 웃으며 말하였다.

"그대가 착운을 불러서 내 등에서 땀이 나게 하렵니까?
하고는 압운을 하여 읊었다.

　　기운이 높은 산봉우리를 누르니,
　　정신은 금강에 씻어 맑구나.

사인이 '咸'을 불렀다.
객이,
"'江'을 대하는 것이군요."
하고는 압운하여 지었다.

　　세상이 모두 비소한 정·위나라 노래를 즐기니,
　　사람들이 요순의 음악을 귀하게 여기지 않네.

28

遂迭呼一字 士人與客 皆應口輒對 吸一竹之間 盡押江咸二韻

士人詩曰

龍鳴雄釘掛　鯨147)吼巨鍾撞

藝苑148)回珍駕　驕壇建彩幢

詞高墳可孀　筆健鼎堪扛

逸興詩盈軸　豪情酒滿缸

胸呑瀛海濶　眼笑澗溪淙

瑞睹朝鳴鳳　靈知夜吠狵

飽仁輕翰跖149)　䬺德薄羊腔

食淡盤登笋　嗅香佩舃茳

猶堪支度世　何必問爲邦150)

今日湖西路　清宵院內窓

簀中初困范　樹下竟窮龐

卷甲151)纔申款152)　回軍却受降

---

147) 鯨은 당목(撞木)으로 장대를 말하기도 한다.

148) 예원: 문학과 예술이 모인 곳. 문예계.

149) 한척: 翰音跖. 닭의 발바닥. 단지 헛된 명성만 있음을 비유한다.

150) 위방: 위태로운 나라에 들어가지 말고, 어지러운 나라에 살지 말라
　　　(危邦不入 亂邦不居, 『論語, 泰伯』).

望洋河伯縮[153] 瞻岳地靈懼

引罰蛆浮斝 輸誠蠟注杠

清襟[154]今有二 朗韻古無雙

碌碌慚驢技 渾渾艷駿厖

談間傾大爵 醉後走長杠

贈別應勞夢 逃虛[155]定喜跫

好風吹不遠 且涉濟時艭

---

151) 권갑: 갑옷을 말아 올림. 패전하여 투항함을 형용한다.

152) 신관: 남에게 성의를 전한다.

153) 망양하백: 望洋發歎. 海若이라는 물귀신이 바다의 넓음을 바라보고
    탄식하였다는 『南華經』에 나오는 말이다.

154) 청금: 고결한 마음씨. 여기서는 객과 사인을 가리킨다.

155) 도허: 세속을 피해 淸靜無慾한 곳을 찾아 떠남.

28

마침내 번갈아 한 자씩 불렀다. 사인은 객이 모두 부르자마
자 대구하여 담배 한 대를 피울 사이에 강·함 두 운에 압운을
하였다.

사인의 시는 이러했다.

　　　큰칼 걸어두니 용처럼 울어대고,156)

　　　큰 종을 치자 장대가 요란하구나.

　　　예원에서 진귀한 수레를 돌리니157),

　　　시단(詩壇)에 문채 나는 기를 세우도다.

　　　글이 높으니 무덤에 가도 짝이 될 만하고,

　　　필력 건장하여 솥을 들 수가 있다네.158)

　　　빼어난 흥취로 시가 두루마리에 가득하고,

　　　호쾌한 마음에 술이 항아리에 가득하구나.

----

156) 이백의 시에 "雄劒掛壁 時時龍鳴"이라는 구절이 있다. 자신의 뜻을
　　제대로 펴지 못하는 아타까움을 토로한 말이다.

157) 진귀한~:『문선(文選), 장형(張衡), 사현부(思玄賦)』御六藝之珍駕
　　兮 遊道德之平林.

158) 필력~: 한유(韓愈)의 시에 "용무늬 새겨 백곡을 담은 세 발 달린
　　큰 솥을, 그대는 홀로 불끈 들 만한 필력을 가졌다오(龍文百斛鼎 筆
　　力可獨扛)."라고 하였다.『韓昌黎集 卷5, 病中贈張十八』

가슴에는 넓은 바다를 삼키고,

눈으로는 졸졸 흐르는 시내를 보노라.

아침에 우는 봉은 상스러움을 보고,

밤에 짖는 삽살개는 신령을 아네.

인(仁)에 배부르니 헛된 명성은 가볍고,

덕이 넉넉하니 맛있는 양고기도 소용없도다.

음식이 조촐하여 햇순이 상에 오르고,

향기를 맡으려고 호지(扈地)의 향풀을 찾구나.

오히려 속세를 벗어나려 하거늘,

어찌 반드시 나라를 물으랴!

오늘 호서의 길은,

맑은 밤 원 안의 창이라.

평상 속에서 범공(范公)159)처럼 쩔쩔 매었고,

나무 아래서 마침내 궁한 방연(龐涓)이 되었네.160)

....

159) 범공: 전국 시대 위나라 범수(范雎)가 수가(須賈)를 수행하여 제나라
로 갔는데 제 양왕(襄王)이 범수가 변설(辨說)에 능하다는 말을 듣
고 금 10근과 우주(牛酒)를 하사하였으나 범수는 사양하고 받지 않
았다. 수가는 자신보다 범수가 더 인정받는 것에 화가 나서 범수가
제나라와 내통하였다고 모함하였고, 범수는 태형을 받아 갈비뼈가
부러진 채 거적에 쌓여 변소에 버려져 있다가 간신히 구출되어 진
(秦)나라로 도망쳤다. 『史記 卷79, 范雎列傳』

160) 나무 아래서~: 제나라 군사(軍師) 손빈(孫臏)이 조나라를 구원하기
위해 위(魏)나라와 싸우면서 마릉(馬陵)에 이르러 나무를 깍아 "방
연은 이 나무 아래에서 죽는다(龐涓死於此樹之下)"라고 써 놓고 궁

싸움에 패하여 겨우 성의를 표하고,

군사를 돌리고 도리어 항복을 받았도다.

넓은 바다를 바라보고 하백은 위축되었으며,

큰 산을 쳐다보고 땅의 신령이 두려워하였네.

벌주 잔을 들었더니 쌀알이 잔에 뜨고,

정성을 바쳐 밀랍을 등잔에 붓도다.

지금 고결한 마음씨를 가진 두 사람이 만나니,

밝은 시운, 옛날에는 쌍이 없던 것일세.

시시한 보잘것없는 재주가 부끄러우며,

호방하며 빼어난 재주가 부럽구려.

담소하는 사이 큰 잔을 기울려,

취한 뒤에 긴 다리를 달려가네.

헤어지면 반드시 꿈에도 자주 나타나려니,

청정한 곳을 찾아 떠남에 그대의 발자국 소리 기뻤네.

좋은 바람이 멀지 않은 곳에서 부니,

어려운 때를 건너봅시다.

노수를 매복시켜 두었다. 추격하던 방연이 밤에 이 나무 아래에 이르러 불을 켜서 글씨를 확인하려는 순간 궁노수들이 일제히 활을 쏘아 방연은 죽고 패전하였다. 『史記 권65, 孫子吳起列傳』

29

客詩曰

誰是交如淡　無非喜食鹹
金輝須待鍊　玉潤正由磩
眼眯收樗櫟　心茅弃檜杉
貪財欣得得　悗色好攙攙
驚類翩翩蝶　狡同趦趄黿
不羞腸屢換　都忌口三緘
謾161)欲趁塵陌　何曾臥翠岩
旅亭162)○○駕163)　荒院遽聯衫
掩迹君行詐　開襟我示誠
秖言珍在璞　那意釰藏函
倏爾狼投圈　俄然馬脫銜
昏迷擠霧壑　爽朗抗雲帆
乍幸初乘勝　飜驚忽敲儳
有成還有敗　誑楚復誑凡

---

161) 원문에는 '謾'자가 결락되었다.
162) 여정: 여행객을 위하여 길가에 세운 휴게소. 여기서는 여관.
163) 원문에는 ○○○○○이었던 것을 연세대 본을 따라 보충하였다.

兒女能禽信　番胡164)敢劫珹

謝愆情款款　題拙語喃喃

朗詠波濤筆　高張日月緢

湖山春藹藹　花月影零零

各厲靑雲志　同辭白木鑱

<hr />

164) 번호: 나라 이름. 이 나라에서 돌꿀이 생산된다고 하였다. "『당서』를
　　보면 번호국에서는 돌꿀이 나는데 중국에서는 그것을 귀하게 여겼다
　　(案唐書 畬胡國 出石蜜 中國貴之.『藝林彙考 飮食篇』)."

29

객의 시는 이러했다.

누가 사귐을 맑은 물 같다고 했나?

즐겁기가 소금 맛인 것을.

금은 반드시 단련을 해야 빛나고,

옥은 갈아야 빛난다네.

그대의 눈 어두워 부족한 이 사람 받아 주었고,

나의 마음이 막혀서 전나무와 삼나무를 버리는구나.

재물을 탐하여 얻는 것을 좋아하며,

색을 밝히어 섬섬옥수를 좋아하네.

놀랍기는 펄펄 나는 나비요,

간교하기는 팔팔 뛰는 토끼로다.

여러 차례 환장(換腸)함을 부끄러워 않고,

다만 입을 세 번 봉함을 꺼린다.

부질없이 세속의 일을 따르고자 하면서,

어찌 일찍이 푸른 바위에 누웠던가?

여관에서 ○○을 타고,

허름한 원집에서 문득 적삼을 나란히 하였네.

당신은 자취를 숨기고 나를 속였으나,

나는 마음을 열고 정성을 보였다오.

공경하는 말이 진심에 있는데,

어찌 칼날을 함 속에 감추리오?

갑자기 이리를 우리 안에 던졌더니,

이윽고 말이 재갈을 벗었구나.

혼미하여 안개 낀 골짜기에 밀쳤다가,

상쾌하게 구름 돛을 막았도다.

처음에 내가 잠깐 이겼으나,

갑자기 뒤집힌 것에 놀랐지요.

이겼다가 도로 졌으며,

초나라를 속이듯이165) 다시 범부를 속였구나.

아녀자도 한신을 잡을 수 있었거늘,166)

토번의 오랑캐가 감히 혼감167)을 겁주네.

잘못을 사과하는 마음 간절하고,

서툰 시를 쓰니 말이 잗달구나.

낭랑하게 읊고 파도 같은 거침없는 붓을 놀려,

---

165) 초나라를~: 초한(楚漢) 때 한의 기신(紀信)이 항우를 속인 일. (扵 是 漢將紀信說漢王曰 事已急矣 請詐 爲漢王出降 以誑楚軍爲王 王可以間出 扵是漢王夜出女子滎陽東門 被甲二千人 楚兵四面擊 之 紀信乘黃屋車 傳左纛曰 城中食盡 漢王降 楚軍皆呼萬歲 故漢 王亦得與數十騎 從城西門出走成皐.『班馬異同 卷1』)

166) 아녀자도~: 한나라 고조의 비 여후(呂后)가 한신(韓信)을 죽인 일.

167) 혼감(渾瑊): 당나라의 장수.

높이 해와 달의 깃발을 펼치네.

호산에 봄기운 화창하고,

꽃 사이로 비친 달그림자 지는구나.

각각 청운의 뜻을 독려하여,

모두 흰 나무로 만든 보습168)이 있다고 하는구나.

---

168) 흰 나무로 만든 보습: 흰 나무 자루로 만든 쟁기가 있어 이것으로
농사를 지을 수 있다는 뜻으로, 두보의 「동곡현에 우거하며 노래를
짓다(寓居東谷縣作歌)」에 "흰 나무로 자루를 한 긴 보습이여, 내가
너를 의탁하여 명으로 삼노라(長鑱長鑱白木柄 我生託子以爲命)."
라고 한 데서 따온 말이다.

30

客曰 篇已圓矣 可以開話

士人曰 適千里者 驥以一日 駑以十日 鈍健雖殊 成功則一

客曰 水之過平陸也 其流滾滾 其容淡淡 有徐遲之意 無急促之思 而及其觸危石衝巨岩 飛沫洒湍 吞波噴浪 不啻駿奔而馺急 子於廣韻頻撚髭窄韻 不停手 有契乎水也 不然 此亦子之陽溢陰滯以瞞余者也 所不知者行文也 因問 子必得科

士人曰 擧子業頗苦 蓋嘗一魁東堂[169] 兩魁監試[170] 三捷增廣[171] 而每每見屈於會試[172] 吾以是謂鄕試易而漢試[173]難

客太息曰 以子才 尙未占科

士人曰 吾誠不才 眞有文辭 豈不得摘一第

客曰 非然也 科場循私 未有甚於此時 閥閱子支 則黃吻初學皆占高科 鄕谷儒生 則皓首巨筆 尙屈荊圍[174] 不然 子以短李之詩 小杜[175]之文 大科雖難力致 獨不得小科乎

169) 동당: 군에서 시행하는 향시(鄕試).
170) 감시: 감영에서 시행하는 과시(科試).
171) 증광: 증광시.
172) 회시: 소과의 복시(覆試).
173) 한시: 한성에서 시행하는 과거시험.
174) 형위: 어려운 처지.

日 小科已爲之矣

客曰 然則必是丁巳榜[176] 多鄕儒之時也 自甲寅[177]以來 地要
之兄弟 門高之子姪 無論文之高下 筆之工拙 如柳貫魚 無備種幼
學 至丁巳榜 曾前有故未赴擧者 及新出童幼若于人外 皆無形勢
鄕人也 士人曰 吾果其榜也 他道未詳 而同道同年近四十餘員 人
以近古所罕 子必先我司馬

175) 소두: 당나라의 시인 두목지(杜牧之).
176) 정사방: 숙종 3년(1677) 정사년에 시행된 사마시(司馬試)의 합격
자. 이글의 작자인 박두세는 당시 충청도 대흥(大興)에 살았으며
그의 두 형인 태세(泰世)·규세(奎世)와 함께 연벽(聯璧)으로 합
격하였다.
177) 갑인: 조선 18대 왕 현종 15년(1674). 이 해에 현종이 세상을 떠나고
숙종이 즉위하였다.

30

객이 말하였다.

"글이 이미 잘 이루어졌으니 한담이나 합시다."

사인이 말하였다.

"천리를 갈 적에 준마는 하루에 가고 노둔한 말은 열흘에 갑니다. 노둔함과 튼튼함이 비록 다르나 공을 이루기는 한가지 입니다."

객이 말하기를,

"물이 평지를 지날 때는 그 흐름이 넘실넘실하고 그 모습이 담담하여 느릿느릿하는 뜻이 있고 급히 가려는 생각이 없습니 다. 그러나 가파른 바위에 부딪치거나 큰 바위에 충돌하면 날리 는 물거품이 여울에 물을 끼얹고 물결을 삼키었다가 뿜기도 하 여 준마가 급히 달리듯 할 뿐만이 아닙니다. 당신은 광운(廣 韻)178)에 빈(頻)자 연(撚)자 자(髭)자는 착운인데도 손을 멈추 지 않고 거침없이 써 갔습니다. 그렇지 않다면, 이 역시 당신이 겉으로는 일부러 어려운 척 하며 저를 속인 것입니다. 모르는 것이 글 짓는 것이지요."

178) 광운: 수나라 육법언(陸法言)이 지은 운서.

그리고는 물어보았다.

"당신은 틀림없이 과거에 합격했을 것입니다."

"과거공부는 자못 괴롭지요. 일찍이 동당에서 한 번, 감시에서 두 번을 일등 한 바 있고, 증광시에서 세 번을 합격하였으나 회시에서 매번 탈락하였습니다. 이 때문에 나는 향시는 쉽고 한시는 어렵다고 하는 것입니다."

객이 크게 한숨을 쉬며 말하였다.

"당신의 재주로 아직도 등과를 못했는가요?"

"나는 진실로 재주가 없다오. 정말 문필의 재능이 있다면 어찌 한 번 급제를 못했겠습니까?"

"그렇지 않습니다. 과거장의 비리가 지금보다 심한 적이 없었지요. 권문세가의 자손들은 비록 애들이나 초보 학습자라도 모두 높은 과거를 차지하고, 시골 유생들은 비록 머리가 하얗게 세도록 공부한 대가라도 여전히 어려운 처지에 있습니다. 그렇지 않다면 당신이 이백에 조금 부족한 시재(詩才)와 '작은 두보'의 문필로서 대과는 비록 힘써 이루기 어렵더라도 어찌 소과에 합격하지 못하겠습니까?"

"소과는 이미 하였습니다."

"그렇다면 그것은 정사방이 틀림없을 것입니다. 시골 유생

들이 많이 붙을 때였지요. 갑인년 이래 지체 높은 사람의 형제와 문벌가의 자질들은 글의 고하나 글씨의 잘 쓰고 못 쓰고를 따지지 않고 버들가지에 물고기를 꿰듯이 모두 합격을 시켜서 씨할 유학도 남기지 않았습니다. 정사방에 이르러 일찍이 까닭이 있어서 과거에 응시하지 못했거나 새로 나온 어린 아이들 약간 명 외에는 모두 지위나 권세가 없는 시골 사람들이었지요."

"내가 과연 그 방에 붙었지요. 다른 도는 모르지만 같은 도에서 함께 합격한 사람이 40여 명에 가까워서 사람들이 근고에 드문 일이라고들 생각합니다. 그대는 반드시 나보다 먼서 사마시에 합격했을 것입니다."

31

客曰 吾於甲寅增廣得之 子何以知我先於子

士人曰 子不但有賓主[179]之逸才 僧儒[180]之亢藝 必是當路之華
胄 得位之供支 獨不能居吾之前乎

客曰 子所引喩 有似深意 欲以虛辭贊人 則詩有太白 文有退之
何必曰賓主 何必曰僧儒

士人笑曰 称子謔也 以詩號者衆 而必擧短李 以文名者多 而必
引小杜 是譏我短小也 吾故擧賓主 爲其姓馬也 引僧儒 取其姓牛
也

客笑曰 指馬曰馬 指牛曰牛 指短小曰短小 何怪之有

士人又笑曰 子之言信矣 子果指短小曰短小 吾無以辭矣 吾果
指馬指曰馬 指牛曰牛 子又不得辭矣

客大笑曰 欲證吾喩 反歸自辱

士人曰 吾生長京第 下鄕屬耳 近因設科稠疊 在京時多 士林間
事 槩得十之二三 凡赴擧[181]儒生 臨科輒相謂曰 今番得塊束否

---

179) 빈주: '빈왕'의 오기. 당의 낙빈왕(駱賓王). 7세 때부터 시를 지어 신
　　동 소리를 들었으나 출신이 낮아 평생 불우하였다.
180) 승유: 당의 우승유(牛僧儒). 문종 때 이종민(李宗閔)과 결탁하여 이
　　덕유(李德裕) 등을 배척한 우이당쟁(牛李黨爭)을 일으켰다.

塊束云者 猫裏也 猫裏云者 妙理也 凡見擬試官望者 約可親擧子

受私標 合投囊中 囊腹欲裂 及受點[182]入院 驗表取之 此外 又多

密事 暗筭譎計詭術 未暇彈擧者 此之謂塊束也 非洛下士巷 論各

品趨好者[183] 今子藝學屠龍[184] 才逸綺高 雖非蹊逕 亦足高參 然

天數難也 人事或勝 擧世同醉 獨醒未易 子亦不無玷染者矣

181) 원문의 ‘居’는 오기다.

182) 수점: 2품 이상의 관원을 선임할 때 이조나 병조에서 삼망(三望)을
올려 임금으로부터 낙점(落點)을 받던 일.

183) 非洛下士巷 論各品趨好者: 연세대 본에는 이 부분이 “非但洛下士
巷 倫俗品趣 時好者咸預焉”으로 되어 있어 역주자는 연세대 본을
따라 옮겼다.

184) 도룡: 기예(技藝)가 뛰어남.

31

객이 말했다.

"나는 갑인 증광시에 합격했습니다. 당신은 어떻게 내가 당신보다 먼저 합격한 것을 알았나요?"

사인이 말했다.

"그대는 마빈왕의 뛰어난 재능이 있을 뿐 아니라 우승유의 높은 재주가 있으며, 권력이 있는 명문가의 후손으로 틀림없이 현직(顯職)에 있는 사람의 보살핌을 받을 것이니 어찌 나보다 먼저 급제를 하지 않았겠소?"

"당신이 끌어다 비유한 것이 깊은 뜻이 있는 듯 한데요? 빈말로 남을 칭찬하려면 시에는 이태백이 있고 문장에는 한퇴지가 있는데 하필이면 마빈왕과 우승유를 말합니까?"

사인이 웃으며 말하였다.

"그대가 한 대로 했을 뿐이라오. 시로 유명한 사람이 많은데 하필 '부족한 이백'을 들어 말하고 문장으로 유명한 사람이 많은데도 하필 '작은 두보'를 끌어 들이니 이는 내가 부족한 것을 나무라는 것이지요. 내가 일부러 빈왕을 거명한 것은 그 성의 마(馬)를 취한 때문이며, 승유를 끌어 들인 것은 그 성이 우

(牛)인 것을 취한 때문이랍니다."

객이 웃으며 말하였다.

"말을 가리켜서 말이라 하고 소를 가리켜 소라고 하듯이, 부족하고 작은 것을 부족하고 작다고 한 것이 무슨 이상할 것이 있을까요?"

사인이 또 웃으며 말하였다.

"그대의 말이 틀림없습니다. 그대가 과연 부족하고 작은 것을 가리켜서 부족하고 작다고 하면 내가 할 말이 없지요. 내가 과연 말을 가리켜 말이라 하고 소를 가리켜서 소라고 했다면 그대도 할 말이 없을 것입니다."

객이 크게 웃으며 말하였다.

"내가 내 말이 옳다는 것을 증명하려다가 도리어 욕을 자초했군요."

"나는 서울집에서 나고 자라 낙향한 사람의 부류랍니다. 근래에 설과가 거듭되어 서울에 있을 때가 많았지요. 사림사이에 있었던 일은 열 가운데 두셋은 대략 알고 있습니다. 과거에 응시하는 유생은 대체로 과시에 임하여 번번이,

'이번에 괴속(塊束)을 얻었소?'

하고 서로 말합니다. '괴속'이이라고 하는 것은 '괴185)의 속(猫

裏)'이지요. '괴의 속'이라고 하는 것은 '妙理'랍니다. 무릇 시관
으로 의망186)을 받은 자는 모두 친한 응시자에게 사사로운 표
를 받고 모아서 주머니 속에 넣는데, 주머니 배가 터지려고 하
지요. 낙점을 받아 과거장에 들어가 그 표를 점검하여 합격자를
선발합니다. 이외에 또한 비밀스러운 일이 많아서 몰래 헤아려
서 속여먹는 꾀며 속이는 방법이 손으로 셀 수가 없는데 이것을
'괴속'이라 한답니다. 서울 선비들이 사는 곳 뿐 만 아니라 세속
의 명리를 좇는 모든 사람들은 모두 그렇게 하지요. 지금 그대
는 기예와 학문이 뛰어나고 재주가 훌륭하여 지름길이 아니더
라도 충분히 과거에 우수한 성적으로 합격할 수 있습니다. 그러
나 하늘의 운수는 공평하기가 어려우나, 사람의 일은 간혹 나을
수가 있지요. 온 세상이 함께 취했는데 홀로 깨어 있는 것은 쉽
지가 않습니다. 그대도 세속에 물들지 않을 수가 없겠지요?"

---

185) 괴: 고양이의 방언.
186) 의망 : 관직에 추천을 하다.

32

客笑曰 假令孔門弟子 當此時觀光 顔曾冉閔之外 不染者幾人哉 子亦有京中親舊之已顯者 當暑月而臨淸流 果能不同浴乎

士人曰吾非獨守正也 又非獨無科慾也 可使平原君[187]當前 安能不聽處囊中[188] 但所恨者 不識公子勝耳

客曰 然 中情之談也 問子有男子乎

曰 有

曰 能受學乎 不可不先授小學

士人曰 小學宜授 至於方名 不欲敎

曰 何哉

士人曰[189] 世上紛紛 兒解東西南北太分明 吾恐此兒不敎 而且染於俗 況敎之耶

客曰 嘻嘻 朋黨之獘 可勝言哉 今有西南北三朋 誰爲君子 誰

---

187) 평원군: 전국시대 조나라의 공자, 이름은 승(勝).
188) 처낭중: 송곳이 주머니 속에 있음. 사람의 숨겨져 있던 재지(才智)가 어떤 기회에 드러나는 것을 비유한다. 『사기, 평원군·우경전(平原君·虞卿傳)』에, 평원군이 "무릇 현사(賢士)가 처세를 함은, 비유컨대 송곳이 주머니 안에 있는 것 같아서 그 끝이 곧 드러나게 된다(平原君曰 夫賢士之處世也 譬若錐之處囊中 其末立見)."라고 하였다.
189) 원문에는 '士人曰'이 결락되었다.

爲小人

　士人曰　今之黨異於元祐190)熙豊191）非判別邪正爲一朋也　　聞

李德裕192)之黨多君子　牛僧儒193)之黨多小人　其或近此耶

　客曰　於西於南　誰牛誰李

　曰　余未嘗立朝　旣未分何者爲西　何者爲南　又安知誰人是李　誰

人是牛

　客曰　吾則以爲西人多君子　南人多小人

....

190) 원우: 원우는 북송 철종(哲宗)의 연호(1086-1093). 당시에 정이(程
　　頤)를 영수로 하는 낙당(洛黨)과 소식(蘇軾)을 영수로 하는 촉당(蜀
　　黨)이 서로 반목하였다.
191) 희풍: 북송 신종(神宗) 때의 연호인 희녕(熙寧, 1068-1077)·원풍
　　(元風, 1078-1084)의 시대. 이 시기에는 신종의 개혁정치를 지지하
　　는 왕안석(王安石)의 신법당과 현상유지를 희망하는 보수파의 문언
　　박(文彦博)·사마광(司馬光)의 구법당이 치열하게 대립하였다.
192) 이덕유: 재상 이길보(李吉甫)의 아들로 당 목종(穆宗) 때 '李黨'의
　　영수가 되어 우승유(牛僧孺)와 대립하여 이른바 '우이당쟁(牛李黨
　　爭)'을 일으켰다.
193) 우승유: 당나라 덕종(德宗) 때 '牛黨'의 영수로서 '李黨'인 이길보·
　　이덕유 부자와 40년간 서로 반목하였다.

32

객이 웃으며 말하였다.

"가령 공자 문하의 제자가 지금에 와서 관광을 한다면 안회 (顔回)·증삼(曾參)·염경(冉耕)·민손(閔損) 외에 물들지 않을 자 몇 명이겠습니까? 그대 또한 서울에 있는 친구 중에 이미 높 은 벼슬에 있는 자가 있다면, 더운 여름철에 맑은 시냇가에서 과연 함께 목욕하지 않을 수 있겠습니까?"

"나 홀로 바른 것을 지킬 수는 없습니다. 또 혼자 과거에 대한 욕심이 없는 것도 아닙니다. 가령 평원군이 앞에 있다면 어찌 주머니 속에 있듯이 하라는 말을 듣지 않을 수가 있겠습니 까? 다만 한스러운 것은 공자승194)을 알아보지 못할 뿐입니다."

"그렇다면 속마음을 이야기를 해 봅시다. 묻겠는데 그대는 아들이 있습니까?"

"있지요."

"공부할 나이가 되었습니까? 불가불 먼저 소학을 가르쳐야 겠지요?"

---

194) 공자승: 평원군의 이름이 승(勝).

사인이 말하였다.

"소학은 의당 가르쳐야 하지만, 방향의 이름에 이르러서는 가르치고 싶지 않습니다."

"어째서이지요?"

"세상이 시끄러워서 아이가 동서남북을 너무 분명하게 알면, 나는 이 아이가 가르치지 않아도 세속에 물들까봐 걱정인데 하물며 가르치겠습니까?"

객이 말하였다.

"어허, 붕당의 폐단을 이루 다 말할 수 있겠습니까? 지금 서·남·북 세 개의 붕당이 있는데 누가 군자이고 누가 소인이지요?"

"지금의 당은 원우·희풍과 달라 사악하고 바른 것을 판별하여 하나의 붕당이라고 말할 수 없어요. 듣기로 이덕유의 무리는 군자가 많았고, 우승유의 무리는 소인이 많았다고 하는데 그것이 혹 요즘과 비슷한가요?"

"서인과 남인 중에 누가 우승유고 누가 이덕유인가요?"

"나는 아직 조정에 선 적 없어서 누가 서인이고 누가 남인인지를 분별하지 못합니다. 그러니 또 누가 이의 당이고 누가

우의 당인지 어떻게 알겠소?”

　　“나는 서인에 군자가 많고 남인에 소인이 많다고 생각하지

요.”

33

士人曰　子必爲南論者也

客曰　吾爲南論　乃稱西人多君子乎

士人曰　反語倒言　欲試吾胸中也

客大笑曰　子之胸中所論何方

士人曰　吾所論者　南陌西阡東畕北隴

客曰　好哉　使滿朝人所滿[195]皆如此　夫豈有禍家凶國　爲史筆所誅討乎　且曰　三論[196]疇可無諱盡言　士人曰　子先言　吾當論其可否矣

客曰　西人如橡樟[197]　多支廈之材　南人如喬木　多庇人之蔭　小北如蔦蘿　小特立之樣

士人曰　西如長江　其勢則壯　而不無敗楫之駭浪　南如太行[198]其形則高　而不無折軸之羊腸　小北如大陸　雖無奇勝可觀　亦自平坦可好

---

195) '滿'은 '論'자의 오자이다.

196) 삼론: 서·남·북 세 붕당에 대해 말하는 것.

197) 원문의 '豫樟'은 '橡樟'의 오기: 상수리나무와 녹나무.

198) 태항: 중국 산서고원(山西高原)과 하북평원(河北平原) 사이에 있는 산. 서쪽에 비해 동쪽이 가파르며, 황하에 잘려 험준한 계곡이 많음.

33

사인이 말하였다.

"그대는 남인 편을 들어 말하는 사람이 틀림없군요."

"내가 남인 편을 들어 말하는 사람이라면 서인에 군자가 많다고 말했겠습니까?"

"반대로 말하고 거꾸로 말하여 내 속마음을 시험해보려고 하는군요."

객이 크게 웃으며 말하였다.

"당신이 마음속으로 편을 들어 말하는 것이 어느 쪽인가요?"

"내가 말하는 것은 남쪽 두렁과 서쪽 길, 동쪽 묵정밭과 북쪽 언덕입니다."

"좋구나! 온 조정의 사람이 논하는 바가 모두 이와 같다면, 대저 어찌 집안에 화를 입히고 나라를 흉하게 하며, 사필(史筆) 때문에 공격을 받아 죽임을 받는 일199)이 있겠습니까?"

또 말하기를,

....

199) 사필~: 조선 연산군 4년(1498) 무오년에 김일손(金馹孫)의 사초 때문에 사림들이 화를 입었다.

"세 붕당에 대한 왈가왈부를 누가 거리낌 없이 다 말할 수 있겠습니까?"
라고 하였다.

사인이 말하였다.

"그대가 먼저 말해보시오. 내가 마땅히 옳고 그름을 논하겠습니다."

"서인은 상수리나무와 녹나무 같아서 큰 집을 지탱하는 재목이 많고, 남인은 교목과 같아서 다른 사람을 덮는 그늘이 많고, 소북은 담쟁이와 댕댕이덩굴과 같아서 홀로 서 있는 모양이 작습니다."

"서쪽은 장강과 같아 그 형세가 웅장하여 노를 부러뜨리는 거센 물결이 없지 않고, 남쪽은 태항산과 같아서 그 형세가 높고 굴대가 꺾인 양의 창자 같이 꼬불꼬불하고 험한 길이 없지 않으며, 소북은 대륙과 같아 비록 볼만한 기묘하고 뛰어난 경치는 없으나 또한 스스로 평탄하여 좋아할만합니다."

34

客曰 子豈爲北者乎 無貶意多興辭 且子以爲今日淸濁之論 畢
竟成敗如何

士人曰 吾不知也 第就字上說 以濁得名 必趨權附世之人 以淸
爲號 必砥名勵節之士 淸者易退 濁者難去 然易退者 犯乎不深
難去者 滅頂乃已 淸之害 不至於深 而濁之禍 將不可勝言也

客曰 理勢然也 抑有可以祛朋黨之策者乎 唐自中葉 受困於河
北賊200) 累世不能去 而文宗乃曰 去河北賊易 去朋黨難 自昔朋
黨之難去 果如此其甚耶

士人曰 無難也 文宗201)以後 武宗202)相李德裕 私黨斥 武宗以
後 宣宗203)相令狐綯204) 汪朋縮 今我聖上 睿智英武 非武宣之比
宜有所大處分矣

客曰 收甲黜乙 屛彼升此 所謂一邊205)進而一邊退 其怨益深
其害彌酷 非所以去之也 必寅協相濟 爛熳同歸 有德讓之美 無忿

200) 하북적: 황하 이북에서 일어난 도적, 반란자, 이민족이 침략.
201) 문종: 당의 제19대 황제. 재위 826-840.
202) 무종: 당의 제20대 황제. 재위 840-846.
203) 선종: 당의 제21대 황제. 재위 846-859.
204) 영호도: 당의 무장.
205) 원문에 '一邊'이 결락되었다.

疾之患 然後 可以無偏無黨矣 能致斯者 果何道耶

士人曰 甚易也 聖后在上矣 公以夔龍[206] 卿以稷契[207]庶尹[208]

其不允諧乎 百僚其有不師師者乎

客曰 言則是也 乃酌酒 慨然曰 國家終以此不寧矣 其誰以此警

欬於丹極之下乎

....

206) 기·룡: 기(夔)는 순임금 때의 현신. 용은 하나라 현인 관용봉(關龍
    逢), 걸(桀)에게 간언을 하다가 죽임을 당한 충신.
207) 직설: 요순시대의 현인인 직과 설을 아울러 이름.
208) 庶尹: 연세대 본의 '庶以伊尹'에 의거하여 옮겼다. 이윤은 은나라 탕
    임금 때의 현인.

34

객이 말하였다.

"그대는 북인을 편들어서 말하는 사람임에 틀림없습니다. 폄하하는 뜻이 없고 북돋우는 말이 많습니다. 또한 그대는 오늘날 청당과 탁당의 논의[209]가 마침내 성패가 어떠하리라고 생각하십니까?"

"나는 모릅니다. 아무튼 글자를 가지고 말하면 '탁'으로 이름을 얻으면 반드시 권세를 좇아 세상에 아부하는 사람이요, '청'으로 이름을 삼으면 명성과 절개에 힘쓰는 선비가 틀림없지요. 깨끗한 자는 물러나기가 쉽고, 흐린 자는 물리치기가 어렵습니다. 그러나 쉽게 물러나는 자는 깊게 범하지 않고, 물리치기 어려운 자는 죽을 때까지 가야 그만둡니다. '청'의 해로움은 깊은 데까지 이르지는 않지만 '탁'의 재앙은 장차 말로 다할 수 없을 것입니다."

"이치상으로는 그렇지요. 그렇다면 붕당을 제거할 수 있는

209) 청당과 탁당의 논의: 조선 숙종 때에 송시열을 극형에 처하자고 주장한 남인 중의 허목(許穆)·권대운(權大運) 등을 청남(淸南)이라 하고, 이를 반대한 허적(許積) 등을 탁남이라 하였다.

대책이 있을까요? 당은 중엽부터 하북의 도적에 어려움을 겪었으나 몇 대를 겪도록 제거할 수 없었지요. 그러나 문종은 '하북의 도적을 제거하기는 쉬우나 붕당을 제거하기란 어렵다.'고 했습니다. 예로부터 붕당을 제거하기 어려운 것이 과연 이처럼 심한 것인가요?"

사인이 말하였다.

"어렵지 않습니다. 문종 이후에 무종은 이덕유를 재상으로 삼고 사당을 배척했으며, 무종 이후에 선종이 영호도를 재상으로 삼자 간사한 붕당이 위축되었지요. 지금 우리 성상210)은 예지로움과 영민함이 무종과 선종에 견줄 바가 아니므로 마땅히 큰 처분이 있을 것입니다."

"갑을 받아들이고 을을 쫓아내고, 저쪽을 물리치고 이쪽을 치켜 올리는 것은 이른바 한 쪽을 나아가게 하고, 한 쪽을 물러나게 하는 것이어서, 그 원한은 더욱 깊어지고 그 해(害)는 더욱 심하니 붕당을 제거하는 방법이 아닙니다. 반드시 끌어서 화합하고 서로 도와 격의 없이 어울리며, 사양하는 미덕이 있어 분하고 싫어하는 걱정이 없어진 뒤에라야 치우치지 않고 당을 짓지 않을 수 있게 됩니다. 이렇게 될 수 있으려면 과연 어떤

....
210) 성상: 당시의 임금은 조선 19대 숙종이다.

도리가 있어야 할까요?"

"매우 쉽지요. 성군이 위에 계시니, 기(夔)와 용(龍) 같은
사람을 공(公)으로 삼고, 직(稷)과 설(契) 같은 사람을 경(卿)으
로 삼으며, 이윤 같은 사람이 백성을 다스린다면 진실로 화합하
지 않을 것이며 백료들이 스승으로 삼지 않을 자가 있겠습니
까?"

"말씀인즉 옳습니다."

그리고는 술을 따르고 탄식하며 말하였다.

"나라가 끝내는 이 때문에 편안하지 못하게 될 것입니다.
그 누가 이 말을 임금에게 경계하여 깨우쳐 드리겠습니까?"

35

士人曰 子誠志士也 彼處華屋者 不知其爲蜃樓也 趨要津者 不
知其瞿塘211)也 人視以幕上之燕 而自處以儀時之鳳 世看以釜裏
之魚 自誇以登雲之龍 禍迫朝夕 甘眠未寤 危在咫尺 昏醉不省
有幸其灾 而無爲之慮念者 有甘其敗 而無爲之憂歎者 傷時之忱
憫世之言 獨於子見之

客曰 吾有平生不平心 願質之 我國禮義之邦也 事大以禮 交隣
有道 非若北狄南蠻西羌之域也 狄從犬 蠻從虫 羌從羊 惟夷從大
弓 謂挽大弓也 天下稱 東夷曰君子國 又曰小中華 以國則禮樂文
物彬彬然 以士大夫則 道德禮義濟濟然 以閭里風俗則 孝友睦婣
之化熙熙然 吾以爲普天下之環海之際 有道之方 東方最也 近或
有復讐雪恥之議 酬恩報德之論者 有讐欲復 有恥欲雪 有恩德欲
酬報 誠義理也 然而邦讐國恥 非尺刀寸鋒之所得復而雪者也 皇
恩帝德 非几區痣域之所能酬而報者也 吾力與勢 旣不得損彼之
一毛 寢彼之半武 而反深其讐益其恥 將自栚之不瞻 酬恩報德 有
未暇顧者也 知其如此 而爲此言也 則是空言也 苟有如越鷗
夷212)之勸王臥薪 趙武靈之擧國胡服 則或可有爲 然亦繫天運

211) 구당: 구당협(瞿塘峽). 중국 사천성에 있는 험준한 협곡.

故武候213)知天道之不可挽回　而出師盡悴死而後已　只爲追報之

願也　噫　時不分逆順　勢不揣强弱　事不論成敗　務爲空言而已　則

烏可以明義理云哉

---

212) 치이: 치이자피(鴟夷子皮). 춘추시대 월나라 왕 구천(句踐)을 도와
　　오나라 부차를 멸망시킨 범려(范蠡)가 벼슬을 그만두고 제나라에 살
　　면서 바꾼 이름.
213) 무후: 촉한 제갈량의 시호.

사인이 말하였다.

"그대는 참으로 지사(志士)요. 저 화려한 집에 살고 있는 사람들은 그것이 신기루라는 것을 모르고 있으며, 무릉도원을 쫓아가는 사람들은 그것이 구당의 험준한 계곡임을 알지 못합니다. 남들은 움막 위의 제비로 보는데 자신은 때를 만난 봉황새로 자처하고, 세상 사람들은 솥 안의 물고기로 보는데 자신은 구름 위에 오른 용으로 과시하며, 재앙이 아침저녁으로 닥쳤는데도 단잠에서 깨지 못하고, 위험이 지척에 있는데도 깊이 취해 깨닫지 못하고 있지요. 그 재앙을 다행으로 여기고 염려하지 않는 자가 있으며, 그 실패를 고소하게 여기고 걱정하지 않는 자가 있는데, 시대를 가슴 아파하는 정성과 세상을 딱하게 여기는 말은 오직 그대에게서만 볼 수 있군요."

"내가 평생 불평하는 마음이 있어 질문하고자 합니다. 우리나라는 예의의 나라입니다. 사대(事大)는 예로서 하고, 교린(交隣)에는 도가 있어서 북적·남만·서강의 지역과 다릅니다. '狄'자는 '犬'변을 따라 쓰고, '蠻'자는 '虫'변을 따라 쓰며, '羌'자는 '羊'변을 따라서 쓰나, 오직 '夷'자는 '大弓'으로 쓰니 큰 활을 당

기는 것을 말합니다. 천하에서 동이를 군자의 나라라고 하고 또
소중화라고 합니다. 나라에는 예악문물이 빛나고, 사대부는 도
덕예의가 아름다우며, 민간의 풍속은 효도하고 우애 있으며, 친
척 사이에 화목한 교화가 빛나니 나는 온 천하의 바다가 둘러싼
땅의 도가 있는 곳 중에서 우리나라가 으뜸이라고 생각합니다.
근래에 혹 복수하여 치욕을 씻으려는 의논과, 은덕을 갚을 것을
논하는 사람이 있지요. 원수가 있으면 갚으려고 하고, 치욕이
있으면 씻으려고 하며, 은덕이 있으면 갚으려고 하는 것은 진실
로 의리입니다. 그러나 나라의 원수와 치욕214)은 한 자의 칼과
한 치의 칼끝으로 복수하고 씻을 수 있는 것이 아니며, 황제의
은덕215)은 볼품없는 작은 지역에서 갚을 수 있는 바가 아니지
요. 내 역량과 형편이 이미 저의 한 터럭도 손상시킬 수 없고,
반 발자국도 저들의 땅을 차지하지 못하면서 도리어 그 원한은
깊어지고 그 부끄러움이 더해져서, 장차 스스로를 구원하려 해
도 할 수가 없을 터인데 은덕을 갚는 것은 돌아볼 겨를이 없습
니다. 사리가 이러함을 알고도 이런 말을 하는 것은 공허한 말

214) 원수와 치욕: 원수는 임진왜란을 일으키고 두 왕릉을 파헤친 왜. 치욕
    은 병자호란 때 청나라에 당한 치욕.
215) 황제의 은덕: 임진왜란 때 명나라 신종이 구원군을 보내어 조선을
    구해 준 은덕.

입니다. 진실로 월나라의 범려처럼 쓸개를 맛볼 것을 왕에게 권하는 사람이 있고, 조나라 무령왕처럼 온 나라에서 호복을 입도록 한다면 혹 복수를 하고 은덕을 갚을 수가 있을 것입니다. 그러나 또한 하늘의 운에 매인 것이기 때문에 제갈량이 천도를 돌이킬 수 없음을 알고 군사를 내어 최선을 다해 죽은 것은, 다만 선제216)의 은혜를 갚으려는 바램을 위한 것이었습니다. 어허! 지금 역리(逆理)와 순리(順理)를 구별하지 못하고 형세의 강약을 헤아리지 못하며, 일의 성패를 따지지 못하고서 공허한 말을 하는데 힘쓰면 어찌 의리를 밝힐 수 있다고 말할 수 있겠습니까?"

---

216) 선제: 촉한의 선제 유비.

36

士人曰 吾亦有一怪之者願正之 赤鼠之變217) 辱大羞小 黑龍之
禍218) 辱小羞大 誠有復讐雪恥之勢力 則不思先復二陵之讐219)
而謾欲遄雪孤城之辱何哉

客曰 易知也 地小民寡 形單勢弱 不敷於四守 況謀人乎 於南
於北 已知其不能有爲 故徒爲復讐報德之言 以寓不忘在莒 必欲
尊周之義220) 若使國家眞爲此擧 則豈不永有辭於天下耶 又行一
盃曰 子居鄕食貧否 何衣之弊 馬之困也

士人曰 然 楊雄221)之貧揮逐不去 昌黎222)之窮 揖送猶留

客曰 子必好言仁義 而長貧賤者 吾嘗謂男子墮地 可行者有三
策 讀書窮理 爲世名儒一策也 決科揚名 以顯父母二策 於斯二者
未能一焉 則當家力農 積穀殖貨 衣服飮食 恣其美好 不猶愈於守
拙坐窮 無計資身 上不能奉養父母 下不能率育妻子者乎 先聖有

217) 적서지변: 병자호란.
218) 흑룡지화: 임진왜란.
219) 이릉지수: 선조 25년(1592) 임진왜란 때에 왜군이 선릉(宣陵: 성종의
　　 능)과 정릉(靖陵: 중종의 능) 두 능을 파헤쳤는데 그 원수를 말한다.
220) 존주지의: 주나라 왕실을 높임. 제후가 종주국을 높임.
221) 양웅: 전한 때 사람. 평제를 몰아내고 황제가 되어 신(新)을 세움.
222) 창려: 당나라 한유(韓愈)의 호.

餘力學問之訓 昔賢有朝耕夜讀之事 專心於做業 而不有家人生

業 非長計也 許魯齋[223]曰 爲學當先治生理 生理[224]不足爲學有

妨 此通論也

223) 허노재: 원(元)의 학자 허형(許衡).
224) 원문에 '生理'가 결락되었다.

36

사인이 말하였다.

"나도 한 가지 이해가 가지 않는 것이 있는데 바로잡아 주
시기 바랍니다. 병자호란은 욕됨은 크고 부끄러움은 적으며, 임
진왜란은 욕됨은 작고 부끄러움은 크지요. 진실로 원수를 갚고
치욕스러움을 씻을 수 있는 세력이 있는데 먼저 두 능의 원수를
갚을 것을 생각하지 않고 부질없이 남한산성의 치욕을 빨리 씻
고자 하니 무슨 까닭입니까?"

"알기가 쉽지요. 땅이 작고 백성이 적으며 형세가 고단하고
기세가 약하여 사방으로 퍼져 나갈 수가 없으니 하물며 남을 도
모할 수 있겠습니까? 남쪽과 북쪽에서 이미 할 수 있는 것이 없
다는 것을 아는 까닭으로, 다만 원수를 갚고 은혜에 보답하자는
말을 하고, 거 땅에 있을 때를 잊지 말자[225]고 하는 말을 빌어
서 반드시 중국에 대한 의리를 갚고자 합니다. 만약 국가로 하

225) 거 땅에~: 춘추시대 제 환공은 후계자 분쟁으로 거 땅에 망명하여
여러 고초를 겪다가 천신만고 끝에 제나라로 돌아와서 오패의 일인
자가 되었다. 환공을 도와 패업을 이룬 뒤에 관중(管仲)은 환공에게
"거에 있을 때를 잊지 말라"고 환기하였다(齊桓公自莒入齊 伯業旣
成 而管仲以不忘在莒爲戒). '不忘在莒'는 어려웠던 지난날을 잊지
말라는 말이다. '無忘在莒'와 같은 말.

여금 진실로 이러한 일을 하게 한다면 어찌 영원히 천하에 할 말이 있지 않겠습니까?"

또 한 잔을 돌리고 말하였다.

"당신은 시골에 살면서 가난하시오? 어째서 옷이 해지고 말[馬]이 궁상맞습니까?"

사인이 말하였다.

"그렇습니다. 양웅은 가난은 손사래를 치며 쫓았지만 가지 않았고, 창려의 곤궁함은 절을 하여 보내도 오히려 머물렀지요."

"당신은 틀림없이 인의를 말하기 좋아하지만 길이 빈천할 사람이오. 나는 일찍이 남자가 세상에 나서 실천할 만한 것이 세 가지가 있다고 하였지요. 책을 읽고 이치를 궁구(窮究)하여 세상의 이름난 선비가 되는 것이 그 첫째요, 과거에 급제하여 이름을 날림으로써 부모를 드러내는 것이 둘째입니다. 이 두 가지 중에 하나라도 할 수 없으면 집안을 맡아서 농사에 힘써 곡식을 쌓고 재화를 늘리어 의복과 음식에 있어서 아름답고 좋은 것을 마음대로 하는 것이, 오히려 졸렬함을 지켜 곤궁하게 살되 살아갈 계책이 없어서 위로는 부모를 봉양할 수 없고 아래로 처자를 거느려 먹여 살릴 수 없는 것보다 낫지 않겠습니까?

　　선성(先聖)께서 남은 힘이 있으면 학문을 하라는 가르침[226]
이 있었고, 옛 현인은 아침에 밭을 갈고 저녁에 책을 읽은 일이
있었습니다. 과거시험 공부에 마음을 오로지하여 집안사람의
생업을 염두에 두지 않으면 원대한 계책이 아닙니다. 허노재는
'학문을 함에 마땅히 먼저 살아갈 이치를 먼저 다스려야 한다.
살아갈 이치가 부족하면 학문을 함에 방해가 있다.'고 말했으니
이는 사리에 통달한 말입니다."

<hr />

226) 선성께서: 『論語, 學而』의 "弟子入則孝 出則弟 謹而信 汎愛衆 行
　　有餘力 則以學文"이라는 공자의 가르침을 말한다.

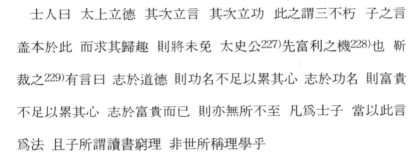

士人曰 太上立德 其次立言 其次立功 此之謂三不朽 子之言
盖本於此 而求其歸趣 則將未免 太史公[227]先富利之機[228]也 斬
裁之[229]有言曰 志於道德 則功名不足以累其心 志於功名 則富貴
不足以累其心 志於富貴而已 則亦無所不至 凡爲士子 當以此言
爲法 且子所謂讀書窮理 非世所稱理學乎

曰 然 爲理學者 必拱手斂膝 終日危坐 其意何居 不爾則不復
爲理學乎 古之理學 莫盛於夫子 而未聞夫子之必拱手斂膝 終日
危坐也

士人曰 夫子教人 以手容恭足容重者 非拱而斂乎 原壤[230]夷
俟[231] 以杖叩其脛 非常時危坐之證乎 危坐則意專 意專則心不放

227) 태사공: 『史記』를 지은 사마천(司馬遷).
228) 先富利之機: 연세대 본에서는 '先富利之譏'로 되어 있다. 사마천은
『사기, 화식열전(貨殖列傳)』에서 부와 식리(殖利)를 적극적으로 긍
정했던 바, 이 때문에 후세 사람들은 그가 인간의 도덕보다 재화를
중시했다고 나무랐다.
229) 근재지: 송대의 학자.
230) 원양: 공자의 친구.
231) 夷俟: 원문에는 '俟'로 되어 있으며 연세대 본에는 '夷倨'로 되어 있
다. '걸터앉다'의 뜻으로 옛날의 예법에는 사람을 걸터앉아서 대하는
것이 무례한 것으로 여겨졌다. 공자의 친구 원양이 걸터앉아서 공자
를 대하자 공자가 그의 정강이를 지팡으로 때렸다는 것이 『논어, 헌

程子見人靜坐 每歎其善學 此儒者所以必危坐也

　客曰 體貌在外 心志在內 雖飾其體貌於外 而不正其心志於內
則是玉其表而裏之礫也 薰其容而肚之蕕也 吾則以爲 無一非義之
事 無一不正之擧 則232)暗室云爲對天日而不怍 閑居動作質神明
而無惡 則雖亂頭跣足昌被233)而行 箕踞而坐 袒褐裸程而臥 無不
可也

　　문』에 나온다. (嘗倨坐以待孔子 孔子責之曰 幼而不孫弟 長而無述
焉 老而不死 是爲賊 以杖叩其脛)

232) 원문에 '則'이 결락되었다.

233) 昌被는 猖披의 오기: 옷에 띠를 띠지 않다.

37

사인이 말하였다.

"제일 먼저 덕을 세우고 그 다음에 말을 세우고 그 다음에 공을 세우는 것, 이것을 세 가지 영원히 변치 않는 것이라고 이릅니다. 그대의 말은 대개 여기에 근본을 두었습니다. 그런데 그 궁극적 취향을 추구한다면 장차 태사공이 '부와 식리를 긍정했다는 나무람'을 면하지 못할 것이외다. 근재지의 말에 '도덕에 뜻을 두면 공명은 그 마음을 방해하지 않고, 공명에 뜻을 두면 부귀는 그 마음을 방해하지 않지만, 부귀에만 뜻을 두면 못할 짓이 없다'고 하였으니 무릇 선비 된 자는 마땅히 이 말로써 법을 삼아야 합니다. 또 그대가 이른바 책을 읽고 이치를 궁구한다는 것이 세상에서 이른바 이학이라고 하는 것이 아닙니까?"

"그렇습니다. 이학을 하는 사람은 반드시 손을 마주잡고 무릎을 모아 종일토록 바르게 꿇어 앉아있으니 그 뜻이 어디에 있습니까? 그렇게 하지 않으면 다시 이학을 한다고 하지 않는 것입니까? 옛날의 이학은 공자보다 성대한 분이 없습니다. 그러나 공자가 반드시 손을 맞잡아 무릎을 여미고 하루 종일 단정하게 앉아 있었다는 말은 들어보지 못했지요."

"공자가 사람들에게 손을 공순히 하고, 발을 무겁게 하라고 말씀하신 것이 손을 맞잡고 무릎을 여미라는 것이 아닌가요? 원양이 걸터앉아 있자 지팡이로 그의 정강이를 친 것이 평상시에 바르게 앉아야 된다고 하신 증거가 아닌가요? 꼿꼿이 앉아 있으면 뜻이 전일(專一)하게 되고 뜻이 전일하게 되면 마음이 흩어지지를 않지. 정자는 누가 조용히 앉아 있는 것을 볼 때마다 그가 공부를 잘한다고 감탄하였습니다. 이는 유자(儒者)가 반드시 꼿꼿이 앉아야 되는 까닭입니다."

"신체나 외모는 밖에 있고 심지(心志)는 속에 있습니다. 겉으로 신체나 외모를 단장하더라도 속으로 심지를 바르게 하지 않으면, 이는 겉은 옥으로 꾸미고 속에는 조약돌을 넣는 것이며, 얼굴에서는 향기를 내고 뱃속에는 구린내가 나게 하는 것이지요. 나는 옳지 않은 일이 하나도 없고 바르지 못한 행동이 하나도 없으면 암실에서 하는 언행이라도 하늘의 해를 향해서 부끄럽지 않으며, 평소의 생활과 동작을 귀신에게 물어도 부끄러움이 없으면 비록 쑥대머리에 맨발로 띠를 매지 않고 다니며, 두 다리를 뻗어서 앉고 옷을 벗고 벌거숭이로 누워 있어도 안 될 것이 없다고 생각합니다."

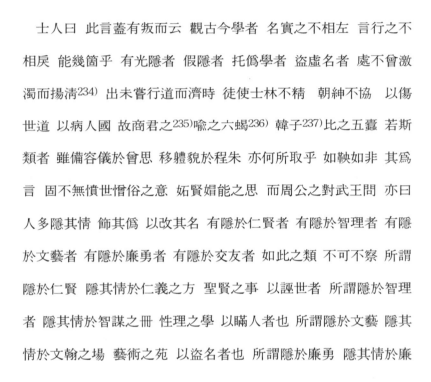

士人曰 此言蓋有叛而云 觀古今學者 名實之不相左 言行之不相戾 能幾箇乎 有光隱者 假隱者 托僞學者 盜虛名者 處不曾激濁而揚淸[234] 出未嘗行道而濟時 徒使士林不精 朝紳不協 以傷世道 以病人國 故商君之[235]喩之六蝎[236] 韓子[237]比之五蠹 若斯類者 雖備容儀於曾思 移體貌於程朱 亦何所取乎 如軼如非 其爲言 固不無憤世憎俗之意 妬賢媚能之思 而周公之對武王問 亦曰 人多隱其情 飾其僞 以改其名 有隱於仁賢者 有隱於智理者 有隱於文藝者 有隱於廉勇者 有隱於交友者 如此之類 不可不察 所謂隱於仁賢 隱其情於仁義之方 聖賢之事 以誣世者 所謂隱於智理者 隱其情於智謀之冊 性理之學 以瞞人者也 所謂隱於文藝 隱其情於文翰之場 藝術之苑 以盜名者也 所謂隱於廉勇 隱其情於廉

234) 격탁양청(激濁揚淸): 흐린 물을 쳐내고 맑은 물을 일게 함. 악을 물리치고 선을 권장함을 비유한다.

235) 商君之: 상군은 본래 이름이 公孫鞅으로 위나라 공자였으며 형명가(刑名家). 전국시대 진나라 효공을 섬겨 재상이 되었으나 뒤에 주살되었다. '之'는 불필요한 글자다.

236) 六蝎: 상앙이 관리가 된 자가 덕은 모르고 관작만 안다고 하여 한 말(晉廋峻曰 今山林之士 利出一官 商君謂之六蝎 韓非謂五蠹 不聞德讓 惟爵是聞史).

237) 한자: 전국시대 한비자(韓非子).

潔之行 勇健之跡 以賣其聲者也 所謂隱於交遊 隱其情於交遊之

間儕友之中 以要其譽者也 周公大聖人也 而其所告達君父之言

亦如此238) 人固可不察其心 而以體取之乎 子之239)言 誠有見矣

近來士大夫 雖不以隱逸自處 而鮮有不操行240)者 願聞子所操

　　客曰 操一反字 吾起而頭觸于屋 不咎屋之低 而咎吾頭曰 爾何

不俯 吾行而足蹭于路 不尤路之險 而尤吾足曰 爾何不謹避 凡遭

惡境迷界危急之時 困頓之日 不分是非不論曲直 一皆反之 躬而

自責 此吾平日所操也

....
238) 원문에 '亦如此'가 결락되었다.
239) 원문에 '之'가 결락되었다.
240) 조행: 몸가짐.

사인이 말했다.

"그 말은 사실과 다르게 하는 말이군요. 고금의 학자를 볼
때 이름과 실질이 서로 어긋나지 않고 말과 행실이 서로 어긋나
지 않은 자가 몇 명이나 됩니까? 떳떳한 은자, 가짜 은자, 거짓
으로 학자 행세하는 자, 헛된 명예를 도둑질하는 자가 있으니,
처하여[241] 흐린 물을 쳐내어 맑은 물을 만든 적이 없고, 나아가
서 도를 행하여 세상을 구한 적이 없지요. 다만 사람들이 정진
하지 못하게 하고 조정의 신하들이 화합하지 못하게 하여 세상
의 도를 손상하게 하며 백성과 나라를 괴롭게 합니다. 그래서
상군은 여섯 가지 전갈에 비유하고 한비자는 다섯 가지 좀벌레
에 비유하였지요. 만약 이와 같은 자들이 비록 증자(曾子)와 자
사(子思)같은 용의(容儀)를 갖추고 정자(程子)와 주자(朱子) 같
은 신체나 외모를 꾸미더라도 또한 무엇을 취할 수 있겠습니
까? 상앙이나 한비자 같은 사람의 말에는 세상을 분하게 여기
고 시속을 미워하는 뜻에 있어서 어진 사람을 질투하고 유능한

241) 처하여: 출처행장(出處行藏)에서 '처함'은 벼슬에 나아가지 않고 자
　　신을 지키고 있음을 말한다.

사람을 시샘하는 생각이 있지요. 주공(周公)이 무왕(武王)의 물음에 대답하기를 '사람은 그 마음을 속이고 거짓으로 꾸며 헛된 명예를 훔쳐서 그 이름을 바꾸는 사람이 많습니다. 어질고 현명함에 숨는 사람도 있고, 지혜와 이치에 숨는 사람도 있으며, 문예(文藝)에 숨는 사람도 있고, 염치와 용기에 숨는 사람도 있고, 교우(交友)에 숨는 사람도 있으니 이와 같은 부류는 살피지 않을 수가 없습니다. 이른바 어질고 현명함에 숨는 것은 그 마음을 인의(仁義)의 방정함에 숨기는 것이니 성현의 일로써 세상을 속이는 자이고, 이른바 지혜와 이치에 숨는 자는 그 마음을 지모의 꾀에 숨기는 것으로 성리학으로써 남을 속이는 자이며, 이른바 문예에 숨는 것은 그 마음을 글과 글씨에 숨겨서 예술로써 명예를 훔치는 자이며, 이른바 염치와 용기에 숨는 것은 그 마음을 청렴한 행동에 숨겨서 용맹한 자취로 그 명성을 파는 자이며, 이른바 교유에 숨는 자는 그 마음을 교유하는 사이 무리 가운데에서 그 명예를 구하는 자입니다'라고 했지요. 주공은 대성인입니다. 그리고 임금에게 아뢴 바가 또한 이와 같았습니다. 사람이 진실로 그 마음을 살펴서 체득하지 않을 수가 있겠습니까? 그대의 말에 진실로 소견이 있군요. 요즈음 사대부가 비록 은일(隱逸)을 자처하지 않더라도 조행(操行)을 조심하지

않는 자가 드뭅니다. 그대의 조행을 듣고 싶습니다."

객이 말하였다.

"오직 '반(反)'자로써 조행을 합니다. 나는 일어나서 천정에 머리가 닿으면 방이 낮음을 탓하지 않고 내 머리를 탓하여 '너는 어찌 구부리지 않았느냐?' 라고 하지요. 내가 다닐 때 발을 길에서 헛디뎠다면 길이 험함을 탓하지 않고 내 발을 탓하여 '너는 어찌 조심하여 피하지 못하였느냐?'라고 합니다. 무릇 나쁜 경우나 혼미한 경계, 위급한 때, 가난하여 몹시 군색한 때를 만나면 시비를 가리지 않고 곡직을 논하지 않고 한결같이 모두 자신을 반성하고 자책하니 이것이 내가 평소에 조행하는 방법입니다."

39

士人曰 所操如此 所行可想 吾則異於是 一動一靜 惟天君奉而
行之 天君命余曰 爾須主乎義 義所以勝利也 余於是奉此命 唯義
之主 利不敢誘焉 又命曰 爾須主乎敬 敬所以勝怠也 余於是奉此
命 唯敬之主 怠不敢現焉 又命曰 爾須主乎寬 寬所以勝忿也 余
於是奉此命 唯寬之主 忿不敢恣焉 又命曰 欲去邪惡之思 惟正爲
最 於是奉其命 正以履之 邪無所側焉 又命曰 欲除驕傲之氣 惟
恭爲元 於是奉其命 恭以行之 驕無所生焉 又命曰 欲止欺詐之習
惟誠爲本 於是奉其命 誠以實之 欺無所施焉 此吾平日所自操也

客曰 先儒以爲人當以己心爲嚴師 子之所操其出於此乎　雖然
子徒能言 未能行者也 方欺瞞我時 獨不能奉天君之命 以誠其心
乎

士人曰 然則子所操亦虛事也 方慢侮余駈逐余時 獨不思反躬自
責之道乎

39

　사인이 말했다.

　"조행하는 바가 이와 같으니 행하는 바를 상상할 수 있겠군요. 나는 이와 다릅니다. 모든 행동에 있어 오직 마음을 받들어 행동합니다. 마음이 나에게 명령하기를 '너는 모름지기 의(義)를 주로 하라. 의는 이(利)를 이길 수 있는 까닭이다.' 라고 하지요. 내가 이에 이 명령을 받들어 오직 의를 주로하면 이가 감히 꾀지 못합니다. 또 명령하기를 '너는 모름지기 경(敬)을 주로 하라. 경은 게으름을 이기는 까닭이다.' 라고 하지요. 내가 이 명령을 받들어 오직 경을 주로 하면 게으름이 감히 나타나지 못합니다. 또 명령하기를 '너는 모름지기 너그러움을 주로 하라. 너그러움은 분함을 이길 수 있는 까닭이다.' 라고 합니다. 나는 이 명령을 받들어 오직 너그러움을 주로 하면 분함이 감히 멋대로 하지 못합니다. 또 명령하기를 '사악한 생각을 버려야 하며 오직 바름으로 으뜸을 삼아라.' 라고 하지요. 이에 이 명령을 받들어 바름을 실천하면 사악한 것이 곁들일 곳이 없지요. 또 명령하기를 '거만한 기운을 없애고 오직 공손함을 으뜸으로 삼아라.' 라고 합니다. 이에 그 명을 받들어 공손하게 행동하니 교만이

생겨나지 않았습니다. 또 명령하기를, '속이려는 습성을 그만 두고 오직 성(誠)으로 근본을 삼아라.' 라고 합니다. 이에 그 명을 받들어 성을 충실히 하니 속이는 것이 생겨나지 않았답니다. 이것이 내가 평소에 스스로 조행하는 방법입니다."

객이 말하였다.

"선유들은 사람은 마땅히 자기 마음을 엄한 스승으로 삼는다고 여겼지요. 당신이 조행하는 방법은 여기에서 나온 것인가요? 비록 그러하나 당신은 말만 번드레하게 하지 실천은 잘하지 못하는 사람입니다. 나를 속일 때에만 유독 마음의 명을 받들어 그 마음을 진실하게 할 수 없었던가요?"

"그렇다면 당신이 조행하는 방법도 헛일이군요. 나를 업신여기고 쫓아내려 했을 때에 유독 스스로를 반성해서 자신을 꾸짖는 도리를 생각하지 않았나요?"

40

客大笑曰 天下無不對也 少焉 鷄送曉唱 客驚起 呼僕曰 今日

往遠 趣秣馬 因謂士人曰 吾爲子別章

士人曰 聯句242)乎

曰 各擧韻 吸煙茶一次 遽唱曰

客中多過客 人內少斯人

接話初當夕 論文直到243)晨

不分千里相 深愧九方244)歆

242) 연구: 둘 이상의 사람이 각각 한 구나 여러 구를 지어 이를 합하여
시를 만듦. 또는 그런 시.
243) 원문에 '到'가 결락되었다.
244) 구방: 구방고(九方皐). 백락(伯樂)의 제자로 말을 잘 알아보는 재주
가 있는 사람. 진목공(秦穆公)이 좋은 말을 구하려 하는데 말을 잘
알아보는 백락이 자기보다 말을 더 잘 안다는 구방고를 추천하였다.
목공이 말을 구하러 보내었더니 석달 만에 돌아왔기에, "어떤 말인
가?"하자, "암컷이고 털빛은 누렇습니다."라고 하였다. 사람을 시켜
말을 몰고 왔는데 수컷이고 흑색이었다. 목공이 백락을 불러, "말을
구해 놓았다는 사람이 암컷인지 수컷인지 황색인지 흑색인지도 모르
니 어찌 좋은 말을 알아보았겠는가?"라고 하였다. 백락이, "구방고는
말의 상(相)을 보는데 천기(天機)만을 보고 암컷·수컷, 황색·흑색
을 볼 필요가 없기 때문에 그런 것은 잊은 것입니다."라고 하였다.
구방고가 구한 말은 과연 천하에 제일가는 말이었다. 구방고의 높은
눈도 처음에는 목공에게 의심을 받았다.

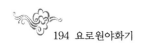

莫播今宵事　應添笑語新

士人曰

美景春三月　高談夜五更
偶然今邂逅　何處更逢迎
共詠詩留別　相酬酒送行
此會眞堪笑　知心不記名

40

객이 크게 웃으며 말하였다.

"천하에 대답하지 못하는 것이 없군요."

조금 뒤에 닭이 울어 새벽을 알리자 객이 놀라 일어나서 하인을 불렀다.

"오늘 멀리 갈 것이니 말을 먹여라."

그리고는 사인에게 말하였다.

"내가 당신을 위해서 작별의 시를 짓겠습니다."

"연구(聯句)입니까?"

"각각 운을 들지요."

그리고는 담배를 한 대 피우고 차를 한 잔 마시고 갑자기 읊었다.

객점 중에 지나는 나그네가 많지만,
사람들 중에 이러한 사람이 드물었네.
이야기를 시작한 처음에는 저녁이었는데,
글을 논하다보니 새벽이 되었구려.
천리마의 상을 분별하지 못하고,
구방을 의심한 것이 몹시 부끄럽소.

오늘 밤 일을 퍼뜨리지 마소.
비웃는 말이 새로 더해질 것이니.

사인이 읊었다.

아름다운 춘삼월의 경치,
고담은 밤 오경까지 이어졌네.
우연히 지금 만났으나,
어느 곳에서 다시 만날까?
함께 이별의 시를 읊고,
서로 술을 주고받으며 보내네.
이 만남은 진실로 우습구려.
마음은 알되 이름은 기억하지 못하니.

41

士人請寫志叙別　乃唱曰

　　且留征盖聽離詞　萍水浮生此遇奇
　　等待百年休問卜　掃除餘事任從師
　　可辭一介何曾受　宜受千鐘[245]亦不辭
　　未必詩人偏冷落　也從先後贊文治[246]

客曰　子所師者誰也　家山宅水爲性理學者乎

曰　否　吾從先聖先師　性理學存黃券中　又自具吾腔子[247]裏　何求乎人

客誦其項聯[248]曰　難道辭也　等待百年　榮辱死生　不問可知　卜誠可笑也　掃除餘事　出入起居　唯書是對　從師在其中也　誦尾聯曰志則可也　非吾敵也　和曰

....

245) 천종: 千鍾祿. 많은 곡식. 많은 녹봉. 아주 많음.
246) 문치: 문교와 예악으로 백성을 다스림.
247) 강자: 몸 안의 신명(神明)이 거하는 곳.
248) 항련: 율시의 두 번째 연.

落落曉星欲曙天　臨岐分手更依然

劇談249)河250)決前言戲　浩唱雲停後調妍

逸氣每憑詞翰寫　幽懷都付酒盃傳

何嫌不識名誰某　異日應開夢裡筵

41

사인이 이별의 뜻을 펴겠다고 하고는 읊었다.

　　잠깐 가는 수레를 머물게 하여 이별의 시를 들으니,
　　부평초처럼 떠다니는 인생 여기에서 기이하게 만났네.
　　한평생 기다리며 점치는 것을 그만두고,251)
　　나머지 일은 모두 털고 스승을 따르려네.
　　하나를 사양할 수 있다면 어찌 일찍이 받으며,
　　천종을 받는 것이 마땅하다면 또한 사양하지 않으리.
　　시인은 불우함에 치우칠 필요 없으니,
　　선후를 따라 문치를 찬양하세.

　　객이 말하였다.
　　"그대의 스승은 누구입니까? 산과 물을 집으로 삼아 성리
학을 하는 사람입니까?"
　　"아닙니다. 나는 옛 성인과 전대의 현인을 따릅니다. 성리
학은 책 속에 있습니다. 또 저절로 저의 마음속에 갖추어져 있
으니 어찌 남에게 구하겠습니까?"

....
251) 한 평생~: 한 평생 과거에 응시하며 조바심하는 것을 말함.

객이 그의 두 번째 연을 외며 말하였다.

"그만두는 것은 말하기 어렵지요. 한 평생을 기다리는 것이
나 생사와 영욕은 잘 알겠지만 '점친다'는 것은 진실로 가소롭
군요. 나머지 일은 모두 털어 버리고, 출입하며 생활함에 오직
책을 대하노라면 스승을 따르는 것이 그 가운데 있는 것이지
요."

제4연을 읊으며 말하였다.

"뜻은 괜찮지만 나의 적수가 아니군요."

그리고는 화답하여 읊었다.

쓸쓸히 새벽별 지고 날은 새려 하는데,
갈림길에서 헤어지니 더욱 섭섭하구려.
거침없는 쾌담은 앞에서의 유희였으며,
호쾌하게 뒤에 읊은 시는 아름다웠다오.
빼어난 기상을 매양 문자에 기대어 토해 내고,
그윽한 회포는 모두 술잔에 붙여 전하네.
이름이 무엇인지 모른들 어떠랴!
훗날 꿈속에서 잔치 열면 될 것을.

42

士人曰　佳詠也　乃出馬各騎　交馬首相語

客笑曰　子何倨見長者　盖具負[252]擔而坐故譏之也

士人曰　立談之間　言不盡意　盖客履鐙而立也

客曰　請爲馬上別曲　乃吟曰

門前攬轡少遲留　欲別無言更注眸

步步靑山流水上　沉吟竟夕各回頭

士人曰

詩逢勁敵古稱難　今日分分携幾日

雁塔題名知不遠　朝班野次更相歡

遂回騎着[253]　各向東西　東方始欲白也　士人旣不知客之爲誰　客
亦不知士人之爲誰

....

252) 원문의 '付'는 '負'의 오기.

253) 원문의 '着'은 '着鞭'이 옳다.

42

　　사인이 말하였다.

　　"아름다운 시군요."

　　그리고는 말을 끌어내어 각각 타고는 말머리에서 서로 말
을 주고받았다.

　　객이 웃으며,

　　"당신은 어른을 어찌 그리 거만하게 보시오?"

라고 한 것은 대개 부담을 갖추고서 앉아 있었기[254] 때문에 나
무란 것이었다.

　　사인이,

　　"서서 말하는 사이에 말이 뜻을 다하지 못하였구려."

라고 한 것은 대개 객이 등자를 밟고 서 있었기 때문이었다.

　　객이,

　　"말 위에서 이별의 노래를 지어봅시다."

하고는 읊었다.

---

254) 부담을~: 말 등 위에 부담 농을 얹고 그 위에 사람이 양반다리를
　　하고 앉은 것을 말한다.

문 앞에서 고삐 잡고 잠시 지체하며,
헤어지려다 말없이 다시 쳐다보기만 할 뿐.
푸른 산과 흐르는 물을 걷다가,
저녁 내내 침음하며 각각 머리 돌려 보겠지.

사인이 읊었다.

시에서 강적을 만남은 옛날에도 어렵다더니,
오늘 헤어지면 언제나 만날까?
안탑에 이름 쓸 날[255] 멀지 않음을 알겠거니,
조정의 숙직실에서 다시 서로 탄식하리.

마침내 말머리를 돌려 채찍질을 하여 각각 동서로 향하자 동쪽이 비로소 밝아지려고 하였다. 사인은 객이 누구인지를 몰랐고, 객도 사인이 누구인지를 몰랐다.

---

255) 안탑에 이름 쓸 날: 과거에 합격할 날.

▌역주자약력▌

한 석 수

경북 상주 출생
서울대학교 사범대학 국어교육과 동 대학원 졸업
고려대학교 대학원 국어국문학과(문학박사)
현) 충북대학교 국어국문학과 교수
역서 『옥루몽(玉樓夢) 1·2·3』 (도서출판 박문사)
　　『환상소설』 (제이앤씨 출판사)
　　『몽유소설』 (도서출판 개신) 외

요로원야화기 要路院夜話記

초판인쇄 2010년 8월 5일
초판발행 2010년 8월 20일

저　　자 박두세
역 주 자 한석수
발 행 인 윤석현
발 행 처 도서출판 박문사
등록번호 제2009-11호
책임편집 김진화

우편주소 ⑦132-702 서울시 도봉구 창동 624-1 현대홈시티 102-1206
대표전화 (02) 992 / 3253　　　전　　송 (02) 991 / 1285
홈페이지 http://www.jncbms.co.kr　　전자우편 bakmunsa@hanmail.net
ⓒ 한석수 2010 All rights reserved. Printed in KOREA

ISBN 978-89-94024-38-7　03810　　정가 10,000원

이 도서는 2009년도 충북대학교 학술연구지원사업의 연구비 지원에 의하여 연구되었음.
(This book was Supported by the research grant of the Chungbuk National University in 2009)